Sword Art Online刀劍神域外傳

GUN GALE ONLINE

4

3rd特攻強襲
背叛者的選擇（上）

時雨沢恵一
KEIICHI SIGSAWA

插畫／黑星紅白
KOUHAKU KUROBOSHI

原案・監修／川原 礫
REKI KAWAHARA

Kadokawa Fantastic Novels

THE 3rd SQUAD JAM FIELD MAP

第3屆特攻強襲
戰場地圖

AREA1：都市區
AREA2：森　林
AREA3：荒　野
AREA4：編組站
AREA5：山　丘
AREA6：不　明

PROLOGUE 序章

二〇二六年七月五日（星期日）十二點十五分

「嗚呀！」

蓮一邊發出悲鳴一邊跑著。

身穿粉紅色戰鬥服，粉紅色彈匣袋掛在雙腿上，戴著粉紅色帽子，手拿粉紅色槍械，身高不滿一五〇公分的小不點……

「會死會死會死！這樣會死！會死！會死！咿～死定了！」

就這樣噙著眼淚，以壯烈的速度全力奔馳。

這時有聲音透過通訊道具傳到蓮的左耳當中。

「別擔心！妳那麼小隻，不會那麼容易被打中啦。」

是Pitohui全無緊張感的聲音。

「嗯。蓮啊，真有什麼萬一，我會幫妳收屍的。」

接著傳來不可次郎絲毫不緊張的聲音。

「加油。」

最後是M跟平常一樣冷靜的聲音。

「嗚嗚……」

蓮雖然以猛烈的速度奔跑著，但發出低吼的子彈卻以更快的速度穿越她的頭頂。顯示子彈通過路線的紅色彈道預測線，像探照燈一般在四周蠢動。

「真的就這樣死了的話，我會恨死你們！我一定變成鬼回來找你們！」

蓮雖然對著不在附近的隊友們這麼大叫……

「在遊戲裡死亡，真的能變成鬼回來報仇嗎？」

「Pito小姐，這很難說喲。蓮這個傢伙個性這麼一板一眼，說不定真的會被她找出什麼好方法。」

但是兩名女性隊友的對話還是那麼悠閒。像是完全不在乎目前處身於槍林彈雨之中，為了不被擊中而全力奔馳的那個人一樣。

「太過分了！就算沒死也恨你們一輩子！不是同伴的話，早開槍打你們了！」

蓮嘴裡雖然這麼咒罵著，不過還是為了不喪命、為了不被擊中，同時也為了活下來而持續奔跑。

好不容易甩開從左後方伸過來的幾條彈道預測線，但下一個瞬間，又換成從右斜前方飛來一顆子彈，擦過蓮的帽子。

「嗚呀啊啊！」

在酒場裡看著轉播的觀眾們……

「狀況太嚴苛了吧。」

「我看不久後就會死了吧？」

非常清楚粉紅色小不點處於絕望的狀況當中。

出現在畫面上的是巨大鐵路設施。

極為寬廣的空間裡，鋪設了水泥與砂石，同時還設置了幾條，不對，是幾十條平行的軌道。數目可以說數也數不清。

軌道上各處都停了各式各樣的貨車。

有的載了貨櫃，有的載了油罐，有的則載了金屬箱。

它們有的連結在一起，有的只是一輛孤零零地放在那裡。甚至有的脫軌而整個翻過來了。

這裡是被稱為「編組站」的地方。此設施是使用分岔出去的無數軌道，組編來到此地的貨物列車。

粉紅色小不點就在這極為寬敞，除了車輛以外就無藏身之處的戰場到處逃竄。而且是孤身一人。

在酒場裡看著轉播的數十名觀眾全都知道。

蓮是第一屆Squad Jam的優勝者，同時也是第二屆的第二名。另外也知道她嬌小的身體以及鍛鍊出來的敏捷度，讓她成為「難以攻擊的對象（Hard target）」。

即使如此……

「就算再怎麼會逃竄，依然是有界限……」

在廣大的戰場上，不斷被從四面八方出現的敵人小隊攻擊的話，總是會被逼到絕路然後中彈吧。

現在又能看到畫面中有信號彈發射了。

紅色光彈升上暗灰色天空，然後乘著降落傘輕飄飄地落下。

「哎呀，又增加了。」

「這下子又會有更多周圍的隊伍聚集過來了。」

酒場裡的客人很清楚。

那顆照明彈，代表著「發現包含蓮與Pitohui在內的小隊，合作將其逼入絕境！」的意思。

剛才已經有好幾發升上天空，然後每次都會有一大堆小隊以它為目標聚集過來。

吊在酒場天花板上的許多螢幕之一，映照出穿著紅茶色迷彩服的小隊拿著突擊步槍毫不間斷地對蓮射擊的模樣。

明明還有300公尺的距離，就毫不在意剩餘子彈數，死命開槍射擊在大量鐵軌對面四處逃竄的粉紅色兔子。

「那些傢伙！又組成聯合部隊了嗎！」

「真是群學不乖的傢伙……不過這次或許能成功。」

螢幕當中的蓮正死命奔逃。

根本沒有時間用手上的P90反擊。因為不持續奔跑的話就會被擊中。

Virtual Reality Online Game「Gun Gale Online（GGO）」。

小隊大混戰大會——「第三屆Squad Jam（SJ3）」。

開始後才短短十五分鐘。

實力雄厚的小隊就陷入極大的危機。

專心逃竄的蓮大叫著：

「果然不應該參加——！」

但一切都太遲了。

SECT.1 第一章　有二就有三

二〇二六年六月六日（星期六）　十四點二十分。

東京從早上就淅瀝淅瀝地下著雨，在這個又熱又悶的日子裡……

「啊～」

小比類卷香蓮正在床上滾動。

「嗚～」

一八三公分這種以二十歲日本女大學生來說，算是異類的修長身體包裹在淡黃色睡衣底下……

「哦～」

在自家公寓房間，她相當喜愛的矮床上不停地滾動著。

雨天暗沉的光線透過白色蕾絲窗簾，照射進空調設定為除濕模式的室內。

乳白色的絨毯、簡單的家具、整理得相當整齊的書架、衣架以及掛在上面的Ｐ９０空氣槍……

「噠～」

全都靜靜地守候著像動物園裡的熊一樣到處滾動的房間主人。

盡情重複著從寬廣床鋪這一頭滾到另一頭行為的香蓮，最後將手腳打開呈大字型來仰躺在床上……

「啊～沒事做的午後……最棒了……」

明明沒有人會聽見，她還是用炫耀的表情這麼呢喃。

無事可做，但也不會睡覺，只是在床上虛耗、打盹然後想著各種事情，她目前正在享受這樣的過程。

短短的頭髮顯得凌亂，當然也沒有化妝，甚至讓人懷疑是不是洗了臉的她，就用這種墮落的模樣享受著雨天的星期六午後。

床旁邊放置著AmuSphere。

只要把這個銀色大型護目鏡般的機械連結電腦並戴到頭上，就能出發並享受到完全運用五感，而且與現實極為相似的虛擬世界。

但是香蓮的AmuSphere，表面已經蒙上一層薄薄的灰塵，看來有好一段時間沒有使用它。

香蓮已經有一個月以上沒有玩ＶＲ遊戲，也就是唯一擁有帳號的Gun Gale Online了。

在Gun Gale Online裡舉行，由個人贊助的小隊大混戰形式的戰鬥大會，名字就叫作Squad Jam。簡稱，同時也通稱為ＳＪ。

至今為止舉行過兩屆大會，而蓮兩次都參加了。

在第一屆Squad Jam，經過一場又一場的激烈戰鬥，結果獲得了優勝的日子是今年的二月一日。

第二屆Squad Jam裡，完成打倒Pitohui這個參賽目的後，以第二名作收的日子是大約兩個月前的四月四日。

之後與渴望見面的Pitohui真實身分，也就是神崎艾莎相遇後有了慘痛遭遇，下定決心「絕對不在現實世界與她見面！」的日子是四月十九日。

在那之後，香蓮潛行到GGO的次數僅僅只有三次。

第一次是四月二十五日星期六。

把SJ2第二名的獎品衝鋒槍組合全部賣掉，再利用這筆資金購買了新的P90。

由於原本是隊友的篠原美優，亦即不可次郎又再次回到「ALfheim Online（ALO）」去了……

「獎品？全部隨妳處置！直接賣掉吧！但可別連櫃子裡的右太與左子都賣掉喲。」

所以獲得的獎品，蓮都可以隨自己的意思來處置。

但就算荷包滿滿也買不到商品，結果花了許多時間來尋找。幾乎找遍GGO世界的首都格洛肯裡所有的槍械店。

第二次是五月五日。黃金週最後一天。

再次緊握著P90，和Pitohui碰頭之後一起去狩獵怪物時。第3代「小P」依然確實地完成自己的工作。

曲線握柄熟悉的手感。適合自己嬌小身材的輕量袖珍槍身。以及每分鐘900發的高速連射與50連射彈匣。蓮在心裡決定，一輩子都要用這把槍來玩遊戲，絕對不會外遇。

第三次是第二次的隔天。

由於傍晚出現空檔，所以就自己一個人悠然潛行到遊戲裡，在景色優美的戰場喝茶放空，結果倒楣地被其他玩家角色發現，由於沒有硬與對方戰鬥的理由，所以就逃走了。逃走的速度飛快正是自己的唯一強項。

之後香蓮就沒有再潛行到GGO世界裡了。

說起來總共有三個理由。

第一個理由是，新學期開始後必須確實完成大學課業。也就是現實世界相當忙碌的關係。遊戲怎麼說都是興趣與空閒時的娛樂，依香蓮一板一眼的個性，實在不允許因為玩遊戲而導致成績一落千丈的情形發生。

第二個理由是在SJ2裡為了打倒Pitohui，已經盡情地——真的是完全按照本能，宛如惡鬼般大鬧了一番，所以有了不少「燃燒殆盡」的感覺。

最後一個理由是，Pitohui幾乎沒時間玩遊戲。

Pitohui在現實世界的身分，是知道之後絕對會大吃一驚的超有名創作歌手，香蓮與美優都是其超級粉絲的神崎艾莎——

而她即將要開始舉行演唱會。

她將在六月中旬到七月上旬，舉辦北至北海道南至九州，全國共七場的巡迴演唱會。

由於當然不允許失敗發生，所以一定會仔細地進行彩排。因此Pitohui也完全沒有到GGO世界來了。

「最契合的搭檔」沒有玩的話，也沒必要強迫自己潛行，所以香蓮也跟著離開GGO的世界。

至於Pitohui之外認識的玩家——因為視其為對手，所以不會一起玩遊戲，但在現實世界成為好友的附屬高中新體操社的眾人……

「最近我們也超Busy！有一陣子不能玩GGO了！」

香蓮和社長新渡戶咲之間會互傳訊息。

「雖然大家都很有精神！但今年的新入社員掛零！現在有點危險了！嗯，不過不久之後會有許多變更社團的人，所以我們還沒放棄希望！等情況穩定下來後，希望我們大家還能夠一起去吃零食！」

可以感受到升上三年級的咲正處於非常時期。

看見她傳過來的訊息，香蓮……

「真是青春耶……」

腦袋裡浮現這種悠閒的感想。

在大學裡依然沒有朋友，一直都只有自己一個人的香蓮，現在已經不在意這件事了。

不用刻意去交朋友。依照自己的步調過生活就好。沒什麼好擔心的。

開始玩GGO的契機明明是「在VR世界成為另一個自己，累積自信與積極性後能不能交到朋友呢？」，現在的香蓮卻做出了完全相反的結論。

「唔～」

當這樣的香蓮享受著自甘墮落的午後時——

噗噗噗嚕。

「嗚？」

愛用的智慧型手機，在附加於床頭的架子上震動了起來。是接收到電子郵件或者訊息的鈴聲。

「嗚嘎？」

香蓮在仰躺的姿勢下將修長的手往後伸，確實抓住手機注意不讓它掉下來後就把它移到自己面前。

雖然世界上總共有七十五億人口，但是會跟香蓮聯絡的人極其有限。

最多的是住在同棟公寓樓上的親姊姊。

像是「丈夫今天晚歸，來和自己女兒一起吃飯」、「到車站大樓去購物」、「老家寄來了番薯與玉米有空就上來拿」、「最近學校功課如何」等等，許多事情都會傳訊息來通知香蓮。

由於姊姊也代替老家的雙親負起監護人的責任，因此雙親反而不常跟香蓮聯絡。

之外就是在老家北海道的美優，會以略少於姊姊的頻率與香蓮聯絡。她會告訴香蓮最近上駕訓班時失敗的例子，以及在玩翻了的ALO裡又有什麼樣的活躍。雖然美優也是女大學生，但完全沒有提到任何關於課業的事情。

再來就是咲了。此外現實世界裡的M，阿僧祇豪志也偶爾會與香蓮聯絡。

雖然神崎艾莎沒有告訴她電子郵件信箱，但有需要時，使用GGO的訊息機能也是一樣。

「那麼，究竟是誰打擾我打盹呢～」

結果映入香蓮眼簾的訊息……

「香蓮小姐！大消息！」

是來自於咲。

「哦哦，是什麼大消息呢～？」

香蓮機械式這麼回應完，就保持仰躺的姿勢，只用右手捲動手機螢幕。

「妳看見新聞了嗎？」

「嗯？什麼新聞？」

香蓮一邊對著畫面做反應，一邊繼續閱讀訊息內容。

「下個月要舉行了喲！果然間隔很短的時間就再來了！」

「嗯～？什麼東西來了？」

「妳一定會參加吧！這次絕對要守諾言喔！我很期待呢！現在已經是熱血沸騰了！」

「所以說到底是什麼啊～？」

香蓮完全放鬆的腦袋還無法順利運轉。放棄思考的頭部，只對大拇指下達轉動與捲動螢幕的指令。

「這一次，我一定會幹掉妳！」

對這文章的結尾感到驚嚇……

「嗚咿？」

香蓮發出奇怪的聲音，手同時滑了一下。智慧型手機在重力引導之下掉落數公分的距離。

喀滋！

「好痛！」

手機的尖角擊中香蓮的額頭後，直接掉到了床鋪上。

香蓮在床上……

「嗚……好痛、好痛～」

正當她因為跟剛才不同的理由而在床上滾動時，東京二十三區內某處被水泥牆包圍的地下停車場裡，有一名美女正坐上德國製高級ＳＵＶ。

那是一名有著嬌小且纖細的身軀，把黑色直髮留到將近臀部長度的二十出頭歲女性。目前是牛仔褲加上Ｔ恤的休閒打扮。

一坐上後座，就咚一聲把輕盈的身體靠到奢豪的皮椅上。

她的名字是神崎艾莎。

在日本是相當知名的創作型歌手，同時也是只有少數人才知道的，ＧＧＯ裡瘋狂又實力強大的女性角色——Pitohui。

艾莎一坐到位子上就迅速繫上安全帶，將身體靠到椅背後立刻閉上眼睛。

「要關門嘍。」

年輕男性的聲音響起，接著後車門就響起厚實的聲音並關了起來。之後一名男性就坐進右側的駕駛席，車子也因此而稍微晃動一下。

坐進駕駛席的是一名身穿整齊深藍色西裝的美男子。

男性的名字叫阿僧祇豪志。

他在社長是神崎艾莎的事務所裡擔任董事，也是專屬司機，可能也是戀人以及「僕役」、「下人」或者「奴隸」，總之就是這樣的存在。

而他在GGO裡，是以滿身肌肉且技術高超的巨漢——M這樣的身分來戰鬥。

SUV靜靜往前駛動。爬上地下停車場的彎道，進入下雨的都內人煙稀少且寬廣的大路。

車子一在大路上奔馳，駕駛座上的豪志就在沒有回頭的情況下往後方搭話。

「辛苦了。今天已經沒有其他工作。然後有另外一件事——剛才看新聞訊息才知道，那個果然正如預料決定舉行了。」

後座的艾莎閉著睫毛相當顯眼的眼睛，看起來就跟睡著了沒兩樣。對她搭話後過了幾秒鐘，櫻桃小嘴才微微動了起來……

「你說什麼？」

然後只說了這麼一句話。

從駕駛座……

「妳累了吧……」

傳來慰勞她的聲音。

「是啊。雖然不知道是什麼，不過聽完這件事情後我就要睡了。到公寓之後，就拜託你把我揹進房間了。」

艾莎做出這樣的回答。結果豪志……

「………啊～聽完這件事，我想妳大概也睡不著嘍。」

以有些困惑的態度這麼表示。

「還是等妳醒了再說吧？」

「哦……你說這個理由能讓整夜沒睡，目前是世界最強睏意保持人的我睡不著？那就說說看吧？如果是真的，等一下我就從屁股踹飛你算是獎勵。說謊的話，我就狠踹你的屁股喲。」

依然閉著眼睛的艾莎，以悅耳清澈的聲音，說出讓粉絲聽見應該會陷入絕望的發言。

由於她本人也很清楚這一點，所以在公寓以及車內等私人空間之外的地方，絕對不會用這種方式來說話。

這時亮起紅燈，ＳＵＶ隨即停了下來。

豪志在面向前方的姿勢下，遵從了女方下達的命令。

「那麼我就說了。傳聞馬上就會舉行的第三屆Squad Jam，已經正式決定舉行了。時間是下個月五日的星期日，中午十二點開咕噗哇！」

豪志之所以沒有把話說完，是因為瞬間張開眼睛的艾莎撐起身體後，隨即用纖細的手臂對豪志的脖子轟出一記正拳……

「開車時請不要這樣！幸好現在還是紅燈！」

這時豪志還是忍不住這麼責備對方。從後方毆打駕駛脖子的行為相當危險。好孩子可千萬不要學。

「少囉嗦啦，蠢貨！回去之後立刻潛行到ＧＧＯ裡去！」

「妳不是要睡——嘎噗啊！」

艾莎又動手了。

「誰睡得著啊，蠢蛋！我要參加！一定要參加ＳＪ３！你也一樣！」

「但是……那天是巡迴演唱會剛結束的隔天喔。妳應該會很累才對吧？」

豪志是因為擔心艾莎才這麼說……

「不要是當天就好！」

但立刻得到這樣的回答。

接著，大約兩小時之後──

星期六傍晚，時間大概是剛過十七點左右。

「哈囉！小蓮！好久不見！」

GGO內，首都格洛肯的餐廳裡……

「Pito小姐，好久──唔哦！」

身材較高的Pitohui，穠纖合度的身體像是老虎鉗一樣緊抱住蓮，蓮立刻感覺內臟似乎要從嘴裡噴出來了。

Pitohui跟平常一樣，穿著緊密覆蓋纖細身體的深藍色連身服裝，臉上是多邊形刺青。綁成馬尾的黑髮則在身後晃動著。

蓮也一樣身穿成為她註冊商標的粉紅色戰鬥服與粉紅帽子。應該說，她現在也只有這套服裝。

「感覺好像很久沒見面了！妳還是那麼可愛！是不是變矮一點了？」

Pitohui帶著像要絞殺對方般的力道……

一邊興奮地這麼說，一邊左右搖晃嬌小的身軀。

「哇呀！」

「Pito，節制一點。」

如果身穿T恤，像座山一樣的巨漢沒有開口阻止的話，蓮可能真的會被絞殺致死。

接著蓮、Pitohui以及M三個人，就進入其他玩家看不見也聽不到聲音的包廂當中。

「來，妳的冰紅茶！」

Pitohui點完蓮喜歡的飲料，它立刻就從桌子底下跳出來……

「好了，乾杯乾杯！耶～！所以呢──真的很期待在SJ3和妳戰鬥！」

Pitohui開門見山地說出主題。

「啥？」

面對咬著冰紅茶吸管面露茫然模樣的蓮，單手拿著謎樣色彩酒類的Pitohui笑著回答：

「在剛才的訊息裡不是寫了。要舉辦SJ3了喲。」

「這我知道！但我從沒回過我要參加喔！」

「哎呀？妳不願意嗎？第一屆的光榮優勝者，第二屆又打倒我並獲得第一名的勇者，不會看到燃燒復仇之火的我就夾著尾巴逃走了吧？」

Pitohui雖然用了酸溜溜的說話方式……

「哼哼，我才不會著了妳的道呢！」

蓮卻也變得相當堅強了。用冰紅茶潤了潤嘴巴後，隨即毫不留情地反擊。

「我不想再和Pito小姐戰鬥了，那真的很累！老實說，快累死了！可以的話，實在不想參加！應該說，絕對不想參加了！」

「咦，太壞了吧～」

「然後呢，最！重！要！的！是已經沒有戰鬥的理由了！」

「咦～」

「對了！這次我會在酒場裡幫妳加油！會確實地把Pito小姐的英姿烙印在我的眼裡！」

像要表示「怎麼樣，認輸了吧？」一般回答完，蓮就再次用吸管啜著冰紅茶。

「啊～原來如此。確實是沒有和我戰鬥的理由了，這一點我可以理解。」

Pitohui肯定了蓮的意見……

「哦？」

蓮也因為對方意料之外的反應而瞪大了眼睛。只不過……

「那麼，這次就以同隊的身分參賽吧！」

這句話讓蓮差點把紅茶噴出來。

「啥啊？」

「因為妳不想跟我戰鬥吧？那就只能同隊參賽了啊！終於能夠以伙伴的身分參加ＳＪ了！

好高興喔！嗨，戰友！」

「…………等等，但是……」

Pitohui以笑臉靠近試圖抵抗的蓮。那是符合她個性的，爽朗且黑心的笑容。

「而且呢，小蓮妳不是毀了一個很重要的約定嗎？」

「什麼？」

蓮真的聽不懂這句話的意思了。

由於和Pitohui之間的約定已經在ＳＪ２時完成了，所以她真的認為已經沒有任何約定了才對……

「就是和那群娘子軍的對決！」

結果Pitohui就幫助她回想起來。

「啊……」

蓮想起大約兩小時前，智慧型手機掉到頭上的原因。

Pitohui說得沒錯。在ＳＪ２時，因為蓮私人的問題而把咲，也就是娘子軍團老大所希望的全力對戰延期了。

託她們的福，Pitohui才能像這樣活生生地站在自己眼前，蓮這時先把想吐嘈「話說回來，這全都是妳害的吧！」的心情擺到一旁，想著確實應該履行與老大之間的女人約定。

但是，還有一個很基本的問題。

「為什麼Pito小姐會知道這件事呢？」

自己應該沒有對任何人提過在ＳＪ２裡頭的約定才對。就算看了轉播畫面，也聽不見聲音。同時也不認為老大她們和Pitohui有任何關係。

「咦？這種事情——」

接著Pitohui就以完全無法理解蓮為什麼會這麼問的表情回答：

「不用想也知道是美優告訴我的啊。」

當時另一個人物的臉孔就像暴風一樣閃過蓮的腦袋。美優與不可次郎的臉，就像圓扇的表裡兩面一樣交互出現。而且兩個人臉上都帶著笑容。

也就是說，美優在沒有被香蓮發覺的情況下取得Pitohui，不對，應該說是神崎艾莎的聯絡方式，然後瞞著香蓮毫無顧忌地與對方進行交流。

和忽然被深吻而感覺到貞操危險，因此與神崎艾莎保持距離的香蓮比起來，可以說是完全相反的行動。

「那……那……那——那個臭傢伙！」

當蓮這麼大吼的時候，已經再怎麼掙扎都沒有用了。

「好啦好啦，放棄吧，小蓮。當天能夠來酒場的話，就表示妳也沒什麼重要的事情吧？」

「嗚嗚……」

「所以呢，就為了要履行與娘子軍團對決的約定而參加ＳＪ３。要和強隊戰鬥就需要強大的隊友，所以就由我和M——既然有這個機會，就邀美優也一起加入吧！只要她再次轉移到這裡來就可以了吧！」

「嗚～……」

計畫就這樣不斷在鼓起臉頰的蓮面前被決定下來。

「雖然一支小隊最多能有六個人……不過憑我們的實力，四個人應該就夠了吧！」

「唔～……」

「別這樣鬧彆扭嘛！這次讓我們一起在大賽裡戰鬥吧！這是遊戲喲！只不過是普通的遊戲吧！所以只要打從心底來享受它就可以了！」

聽見至今為止的兩屆大賽，讓自己無法打從心底享受遊戲的真正犯人以爽朗的笑容這麼說……

「…………」

蓮已經不清楚這個時候應該生氣還是應該發笑了。

＊　＊　＊

蓮就這樣被強迫參加ＳＪ３，而說到之後的幾天裡面，其他超喜歡ＳＪ的小隊有什麼動靜嘛——

「太棒了！香蓮小姐說要和Pitohui小姐以及不可次郎小姐他們組隊參賽！」

以咲作為隊長的附屬女校新體操社，簡稱「ＳＨＩＮＣ」的眾人聽見後可說是欣喜若狂。

「太好了，一定要復仇！」

「報ＳＪ１的仇！」

「是我們期望的全力戰鬥！」

「一定要幹掉她！」

大庭廣眾之下，身穿制服的可愛女高中生們大叫著這樣的發言，讓周圍的行人都嚇了一大跳。

「ＳＪ３來嘍！大家要參加嗎？」

日本各地最喜歡機關槍，平常就利用通訊軟體閒聊的眾男子漢，名稱為「全日本機關槍愛好者」，簡稱ＺＥＭＡＬ的眾人……

「那是當然了！」

「一定要！這次也要注意上方！」

「我反而想立刻知道不參加的理由。」

「就算把父母親拿去典當也要參加！不知道能當多少錢喔？」

也同樣陷入亢奮狀態。

「太好了！那馬上去登錄！不過——還有一個名額，真希望還有人能加入。」

「雖然有同感，但現在應該來不及了。」

「要找到跟我們同樣喜愛機關槍的玩家？這有點困難吧。」

「好吧。那這就當成今後的課題。這次也由我們五個人一起努力吧！」

「太好了！希望機關槍之神能保佑我們！」

「哦哦！希望祂能保佑我們！Yes！Open Bolt！」

「保佑我們！ＯＢ！」

「神啊！ＯＢ！」

「ＯＢ！ＯＢ！ＯＢ！」

他們終於建立新的宗教了。

「事情就是這樣，才會緊急要大家集合。」

上上屆被M與蓮，上一屆被Pitohui一個人全滅的小隊「Memento mori」，簡稱MMTM的男人們……

「今天就不去打獵，留在這裡開會。」

全都在GGO內碰面了。

這裡是首都格洛肯的酒場裡的某一間包廂。

男人們的服裝全是在SJ2時統一的，將綠色以直線基調組合起來的舊瑞典軍隊迷彩服。這身服裝似乎已經變成他們的註冊商標。

「當然會希望我們小隊能夠參加。有沒有人七月五日實在無法抽身？」

聽見帥哥隊長的提問，圍在圓桌旁的其餘五個人都回答沒有問題。

「很好！這次一定要獲得優勝！」

隊長一隻手握拳來擊打另一隻手的手掌。

「SJ也有一定的知名度了，說不定會出現新的強大隊伍——不過目前知道的強敵，有擅長小隊合作，由母猩猩所率領的娘子軍團、嬌小到很難擊中的粉紅小不點小隊，還有那個瘋女人Pitohui的小隊。今後只要能集合的時間，都盡量用來擬訂對付他們的戰略並實施訓練。」

這個時候，其中一名戴著太陽眼鏡的成員……

「關於這件事，我有點話想說。」

就舉起手來對充滿幹勁的隊長這麼表示。

他的名字是勒克斯。是一名使用5.56毫米口徑突擊步槍「G36K」的男人，SJ1時是沉入湖底而溺死，SJ2時是被Pitohui用光劍砍頭而喪命。

「之前就有這樣的想法了，我想趁這個機會轉職為狙擊手。」

「哦……」

面對有所反應的隊長與將視線移過來的同伴們，勒克斯開始說明自己的想法。

「參加後才知道，SJ許多時候都是在開闊的場所戰鬥。所以就覺得有一個可以瞄準800公尺外敵人的狙擊手也不錯。因此我想放棄G36K，購買『MSG90』。只要有自動狙擊槍，就可以支援大家。不過這樣小隊戰略就必須改變，所以我覺得要先得到所有人同意。」

正如勒克斯所說，「MSG90」是只要扣下扳機就能射擊的自動連射式狙擊槍。

和G36K同樣是由德國的黑克勒&科赫公司（HK）所製作。它是以「G3」突擊步槍為基礎所改進的槍械。口徑加大為7.62毫米。這跟M的M14・EBR相同。

除了可以用來狙擊之外，危急時也可以藉由連射攻擊中距離到近距離的目標，是一把全能且威力強大的槍。在用途、性能方面也與M14・EBR類似。

「原來如此……」

聽見提案的隊長開始思考了起來。

這支小隊到目前為止，都是由Machine gunner，也就是機槍手傑克來擔任簡易的狙擊兵角色。

這當然與成為他「ＨＫ２１機關槍」基礎的Ｇ３戰鬥步槍有關，它可以用發射控制選擇開關切換成半自動射擊。同時也具備瞄準遠方的瞄準鏡。

只不過，機槍本來主要目的就是透過瘋狂射擊來張開彈幕。命中準確度當然比不上狙擊槍，附屬瞄準鏡也是低倍率，無法準確地瞄準遠方。

小隊裡有一名專門的狙擊手的話，應該可以為開闊地點的戰鬥帶來不少利多吧。勒克斯是隊上數一數二的槍械迷，射擊技術當然無庸置疑。

但從另一方面來看，近距離戰時能強行進行突擊的人員從五人減少為四人也是事實。減少二十％是相當嚴重的一件事。絕對需要重新審視至今為止的小隊合作模式以及再次訓練。

就像這樣，所有的決斷一定會有其優缺點。

而隊長在四秒鐘後就做出了決定。

「好，那就做吧！」

「哦，可以嗎？」

隊長這時如此回答勒克斯以及其他小隊成員。

「一切都是挑戰。到時候不行的話，那大家就怨恨做出這個決定的我吧。」

包含勒克斯在內的五個男人都露出微笑。

他們全認為選擇這個男人當隊長是正確的決定。

做出決斷的速度，以及失敗時爽快承擔責任的心胸，全都是優秀隊長的資質。

「怎麼辦？還要參賽嗎……？」

同一時刻，同樣在ＧＧＯ裡的另一間酒場當中，一群虛擬角色正在討論關於參加ＳＪ３的話題。

這是由七名男性與一名女性所組成的團體。

男人們頂著各式各樣的髮型，而萬綠叢中一點紅的女性，其頭髮則相當特別且顯眼。這是因為它是鮮綠色的關係。

他們正是簡稱ＫＫＨＣ的「北國獵人俱樂部」。

現實世界裡，他們是在北海道以狩獵維生的伙伴，組成中隊的目的是提升狩獵與射擊技術。身上整齊劃一的夾克，實際畫上樹木的迷彩圖樣其實比起戰鬥更適合打獵。

他們在上一屆大會時，是由有空的四名男性與一名女性組隊來首次參賽——

「真的有了很慘痛的遭遇……」

正如前額已經禿頭，看起來很有威嚴的中年男子所說，首次參賽的他們有了相當悲慘的結果。

這是他們首次的對人戰鬥。雖然初戰以善用地利之便的狙擊技術打倒敵人小隊的幾個人，但之後對Pitohui率領的強大隊伍提出聯手的要求就是失敗的原因。

被輕易拒絕之後，遭到Pitohui從背後發動偷襲。

當時四名男性連一發子彈都無法還擊就立刻戰死。

唯一逃走且存活下來的綠髮女性角色——夏莉只能孤軍奮戰，雖然成功給了可恨的Pitohui一擊——

結果還是無法幫伙伴們報仇，就被獲得第二名的粉紅色小不點直接擊中頭部而退出大賽。

經過幾秒鐘沒有任何人說話的沉靜時間，參加過ＳＪ２的年輕男性便開口說：

「哎呀，怎麼說呢……那個……也不用硬要參加吧？」

這樣的發言瞬間讓現場的空氣緩和了下來。

由於他幫忙說出大家心裡都這麼想卻難以啟齒的話，所以其他人便以溫柔、火熱的視線看著他。而他也動著變靈活的舌頭繼續表示：

「因為小隊戰鬥固然有趣，但我們參加GGO的目的是為了練習狩獵用的射擊，絕不是什麼殺人的訓練對吧？所以說這次——」

啪！

拍打桌子的聲音阻止了這軟弱的發言。

「太沒用了！」

以雙手拍打桌子，同時這麼大叫著站起來的，正是綠髮的夏莉。她的白色牙齒整個外露，臉龐看起來就像是憤怒的犬隻一樣。

「大家都不覺得懊悔嗎？我看那個女的還是會參賽吧！這是在眾人面前光明正大擊殺她的機會啊！就沒有起碼要對那個傢伙復仇，以愛槍一擊轟爆她頭部贏得Clean kill的氣概嗎？沒有迎戰強敵並且獲勝的骨氣嗎？」

從她的綠色頭髮飄散出猛烈的熱氣。雖然是在遊戲當中，但似乎能看見強大的氣場。

接著男人們……

「這個……」

「嗯……怎麼說呢……」

「那個……」

「哎呀……」

全都嚇死了。而且是嚇到退避三舍的地步。

這就奇怪了……到最後一刻都不太願意參加ＳＪ２，並且說出「雖說是在遊戲當中，但現實世界擁有槍械者實在不應該用槍射擊人類」的不就是妳嗎……

男人們的想法漂亮地完全一致。

雖然相同，卻沒有勇氣說出口，所有人都保持著沉默。

「我當然會參加！其他人呢？有沒有人要參加？」

夏莉這麼大叫並瞪著伙伴。

同樣是在同一時刻。

「當然要參賽吧～我也會參加～真是令人期待～」

一名玩家以輕鬆的口氣對走在前面的五名伙伴搭話。

該處是ＧＧＯ的戰場之中。

就設定來說，ＧＧＯ世界是人類搭乘太空船，回到了因為最終戰爭而荒廢且無法居住的地球。

在連大氣組成都亂成一團，所以從白天就是紅色的天空底下，只有一整片無盡的荒野。遠方則能看見傾倒的超高層大廈。

對同伴搭話的是一名留黑色短髮的英俊玩家。這名上下半身都是黑色戰鬥服的玩家，胸前附加了四個細長的包包。右腰上的塑膠製槍套裡掛了一把手槍。

他的——不對，她的名字是克拉倫斯。

外表看起來雖然像溫柔的帥哥，講話口氣也像是男性，但卻是貨真價實的女性玩家。使用AmuSphere的ＶＲ遊戲，在系統上不可能偽造性別。

克拉倫斯是上屆首次參加ＳＪ的玩家之一。

她所屬的小隊，在裡頭是叢林的巨蛋當中，選擇了與其他小隊聯手作戰。

這是為了用數量擊倒蓮所屬的ＬＦ，以及ＳＨＩＮＣ、ＭＭＴＭ等眾多優勝候補隊伍。

而三支小隊共十八個人便布下天羅地網，也順利讓粉紅色小不點的隊伍上鉤，但終究還是對方技高一籌。

他們就在粉紅色煙霧覆蓋戰場而視野不佳的情況下，被靈巧的小不點一個一個屠殺殆盡。

當時的戰鬥被稱為「巨蛋內的鏖殺」，讓看著實況轉播的玩家們全都感到熱血沸騰。

克拉倫斯在偶然的機會下與蓮對話，同時在發生許多事情後，把身上的彈匣，也就是子彈提供給蓮。在那之後，她立刻就被ＭＭＴＭ射殺了。

走在荒野中的克拉倫斯，背上晃動著的槍械是「ＡＲ—５７」。

那是一把相當罕見的槍。

它採用M16系列的下機匣——也就是下面及後半部，而上面與前半部則更換成其他零件，亦即像怪獸喀邁拉一般的槍械。

至於說到它的上半部是什麼樣的機構，其實與蓮所使用的P90幾乎相同。同樣把彈匣著裝在上部，也同樣使用特殊的5.7毫米口徑的子彈。

不論是在GGO還是現實世界，使用這款彈匣的就只有這兩把槍械。就是因為這樣，她才能提供彈匣給蓮。

「希望還能遇見那個小不點！遇見她之後，就要用上所有卑鄙手段來戰鬥，這次一定要光明正大地贏過她！想從背後射擊她！想射穿她可愛的屁股！想把槍塞進她嘴裡然後直接開火！」

克拉倫斯雖然以心花怒放的態度、興奮的聲音這麼說著，但內容卻十分殘忍，讓走在前面那幾個身穿不同迷彩服且裝備也各自不同的伙伴露出打從心底感到厭惡的表情。

即使是相當遲鈍的人，依然能一看就明白他們「根本不想參加SJ3」。

不對，或許是「不想和克拉倫斯一起參加SJ3」吧。

「所以說大家一起參加吧。我先去報名吧？成員跟上次一樣OK嗎？」

面對不斷把話題進行下去的克拉倫斯……

「等等！那天我剛好有事要忙。」

「我也一樣。所以這次不參加。」

「我也是。」

「跟右邊的一樣。」

四個男人保持面向前方的姿勢這麼回答。

對GGO玩家來說，戰場上不看著別人的臉說話是經常有的事。這並不是不想看見對方的臉，而是在警戒怪物與敵人的關係。

只不過，現在的他們可能是純粹不想看見克拉倫斯的臉，而且也不想讓她看見自己的表情吧。

克拉倫斯跑到距離自己最近的一個人身邊……

「那山姆呢！」

然後邊說邊用力抓住對方的肩膀。

轉過頭來的是一名中東系褐色肌膚的男性角色。角色的名字是很常見的山姆。

由於是虛擬角色，所以男子的面容算是端正，但現在臉上卻如實地反映出玩家的心理，露出相當不願意且困擾的表情。

「這個嘛……嗯……」

「是男人就把話說清楚！那天你有事嗎？」

「我沒有事，但……」

山姆像是被對方的氣勢震攝住般以恭敬的口氣回答……

「那就這麼決定了。」

克拉倫斯暫時放開抓住對方的手，然後輕拍了一下對方的肩膀。山姆的臉上隨即浮現放棄掙扎的表情。

克拉倫斯則是……

「各位！我和山姆兩個人會參加！那至少預賽的時候要幫個忙吧！」

她俊俏的臉龐露出爽朗的笑容這麼說道。

上一屆SJ2時，為了縮減參賽隊伍而舉行了預賽。這次應該也會舉行才對。只有兩個人的話很難突破預賽，所以這是克拉倫斯「大家至少會幫這點小忙吧？」的熱情邀約。

由於四個男人都沒有回應，克拉倫斯便笑著加了一句。

「不幫的話——我就爆料那件事喲。」

「那是當然了！」「一定會幫忙！」「那還用說嗎！」「就算只有預賽我也很願意參加！」

由於四個人同時說話，所以不是很清楚他們每個人說的是什麼。

不過可以清楚知道的是，克拉倫斯手中握有男人們的某種弱點。

＊　＊　＊

希望參加ＳＪ３的小隊，就像早已迫不及待般不停地報名參賽。

看來ＳＪ的人氣依然不減。

雖然不像上一屆那麼誇張，但前幾名依然有槍械、治療藥以及豐富的彈藥等豪華獎品。

即使沒有希望打進前幾名，能在只有在ＳＪ才能進入的特設戰場進行遊戲，也已經讓玩家的遊戲魂熱血沸騰。上一屆的叢林就是很好的例子。

能跟合得來的同伴們一起進行小組對人戰也是其魅力之一。

另外還有一個優點是，由於會拍攝酒場用的轉播影像，所以事後能熱鬧滾滾地觀看己方的活躍（或者是慘遭痛擊）也是一種樂趣。

在這些參賽者當中——

某條規則成為了話題。大家都在討論「那究竟是什麼？」。

ＳＪ３基本上是繼承ＳＪ２的規則。

比如說是由總共三十支小隊進行大混戰、每十分鐘的衛星掃描只顯示隊長的位置、上屆前四名的隊伍可以免除預賽、將在每邊10公里的四方形特設戰場舉行大賽、屍體在十分鐘內將在現場成為不可破壞物體等等。

但是，本屆加了一條至今為止都沒出現過的謎樣規則。

「根據主辦人的提案，當剩下六～八支小隊時，將發表並且發動特別規則。不論是參賽者或是觀眾應該都能因此而獲得更多樂趣，敬請期待。」

而規則的詳細內容目前則完全不明朗。主辦方甚至不接受提問，直接寫了不滿的話可以不必報名參賽。

沒有人可以預測為什麼要到剩下六～八隊時，而這樣的範圍又是因為什麼理由。

本來的話……

「森77！誰要參加連規則都沒發表的遊戲啊！」

就算遭到這樣的抱怨也是理所當然的事，但是卻沒有任何因此而放棄參賽的玩家。

說起來，要在ＳＪ這場大混戰裡打進前八強本來就不是容易的事，所以對大部分玩家來說都不是太嚴重的問題。要如何殘活到那個時候才是重點。

而對於原本就有實力打進八強的小隊而言，這不過是一點小小的問題。

「嗯，就算在意也沒用！反正不可能會出現禁止使用機槍的規則！ＯＢ！」

機關槍愛好者的某個人這麼說。

「這不重要。不論發生什麼事情，到時候再適當地對應即可。」

ＭＭＴＭ的隊長這麼表示。

「不論如何我們都是同伴，也絕對不會膽怯。」

ＳＨＩＮＣ的老大如此說道。

「完全不在意。和平常有點不同，反而覺得有趣。」

Pitohui這麼說著。

雖然香蓮和在北海道的美優通電話時提到這件事……

「嗯～會是什麼規則呢？如果是我一路玩過的遊戲，是曾經有過為了炒熱終盤的戰鬥而自動將武器的耐久值恢復到最大的喲。」

「這樣啊。那會不會是補給彈匣之類的？」

「更重要的是，我已經等不及要擁抱右太和左子啦！」

不過她也只有這樣的反應。

SECT.2

第二章　3rd Squad Jam

二〇二六年七月五日。

第三屆Squad Jam開始的時刻已經接近了。

這次也同樣是以首都格洛肯的大酒場作為祭典的集合會場。

雖然是在大廈的一樓，但裡面相當寬敞，應該可以容納數百人吧。除了桌子與吧檯之外也準備了包廂。牆壁和天花板上則吊著巨大螢幕。

由於ＧＧＯ是美國製的遊戲，所以現場氣氛也像是好萊塢電影裡出現的酒場。和日本的居酒屋可以說完全不同。

參加大賽的玩家將聚集在這裡，到此當觀眾的玩家則邊喝酒邊欣賞轉播，而被幹掉的參賽玩家則會在十分鐘後回到此地。

正如預測，表明要參加ＳＪ３的隊伍增加了。最後報名的總數是五十七隊。順帶一提，上一屆是四十九隊。

當中有三支小隊是不需經過預賽的種子隊。

首先是上屆的優勝隊「T—S」。

每個人當然都記得。

特徵是像科幻世界裡的士兵般，全身覆蓋在護具之下的六個人。而他們也是在ＳＪ裡獲得最大漁翁之利的小隊。

他們幾乎從一開始到最後，都一直靠著腳踏車在城牆上移動。六個人從城牆上射殺了機關槍愛好者們，最後從遠距離瘋狂射擊在與Pitohui的熱戰之後，幾乎只剩半條命的蓮以及不可次郎來打倒她們。大會結束後，他們受到的傷害竟然是零。

雖然也可以說是作戰所帶來的勝利，但是對於期待火熱戰鬥的觀眾們來說，當然只會獲得最糟糕的評價。

他們在ＳＪ２結束後沒有出現在酒場裡——

不過這次依然不知羞恥地直接表明要參賽。

第二支種子隊是首屆優勝，上屆準優勝的蓮，以及上一屆第三名的Pitohui所組成的「ＬＰＦＭ」。

這就是蓮這次所屬小隊的名稱。只是把蓮、Pitohui、不可次郎以及Ｍ等所有成員名字的頭一個字並排在一起而已。它不是簡稱而是正式名稱，命名者是Pitohui。

「ＬＰＦＭ！這真的很難唸耶，Pito小姐！」

「小蓮，妳發現重點了！其實這也是作戰！故意讓對手在掃描時必須唸出『ＬＰＦＭ』這麼難唸的名字！咬到嘴唇的話說不定會發生傷害判定！別以為戰鬥只會在戰場裡發生喔！」

「是這樣啊……」

由於上屆第二名的蓮與不可，以及第三名的Pitohui等人登錄為同一小隊，所以種子隊自動減為三隊。

而最後的種子隊就是上屆第四名的ＳＨＩＮＣ。

不須多做說明的最強娘子軍團。只有香蓮和美優才知道操作她們的是一群可愛的女高中生。

剩下來的五十四支小隊，已經在昨天，也就是週六傍晚舉行了預賽。

雖說是偶然，但參賽隊伍剛好是整數，所以也就沒有舉行敗部復活戰。只有獲勝隊才能參加正式大賽。和ＳＪ２的時候一樣，是在細長戰場上一次定生死。

如此一來，就會由經驗與實力較豐富的一方獲勝，所以參加過ＳＪ２的小隊幾乎都存活了下來。

順帶一提，以破竹之勢通過預賽的正是ＭＭＴＭ。

過了十一點之後，不斷有人聚集到酒場裡。

集合的截止時間是十一點五十分。就算晚一秒鐘也無法參加ＳＪ３，所以絕對不能遲到。提早到的時間可以邊用餐邊進行作戰會議，所以酒場一口氣變得熱鬧起來。

每當有參賽小隊入內，喜歡欣賞，或者該說「也只能欣賞」的觀眾玩家們就會感到興奮。簡直就跟職業摔角手或者拳擊手入場時一樣。當然，沒有現場ＢＧＭ就是了。

跟上一屆一樣，只要強大的隊伍．進入酒場，裡頭的喧囂就會瞬間消失，然後出現加油聲或者討論該隊的竊竊私語聲。

「喂，那些傢伙──」

酒場裡某個眼尖的人發現的是五名看來相當強壯的男人。

明明是同一小隊，身上卻各自穿著毫無統一感的迷彩服，槍械與裝備也因為收在倉庫欄裡而看不見，不過從外表就能看出這些人的身分。

「哦！是那群用機關槍的傢伙嗎……」

沒錯，正是ＺＥＭＡＬ的眾成員。

說意外的話或許有點失禮，但ＳＪ１裡沒有任何可看之處就消失的他們，在ＳＪ２就利用地利之便，發揮了超出想像的實力。

雖然最後沒能看出Ｔ─Ｓ從城牆上的攻擊而消失在大會裡，但三十支小隊的第六名已經算是相當不錯的成績。

他們所有人都裝備機關槍，單看火力與所持彈藥數就相當強大了，只要戰鬥方式得宜，應該就能變得更強才對。

他們這次又會給觀眾帶來多少的樂趣呢？

之後，參加過ＳＪ２的小隊也不斷進入酒場裡。

首先是其中一名成員在全身各處裝了攝影機並且加上實況來自娛娛人，結果在雪山被ＭＭＴＭ全滅的小隊。

他加上實況的動畫被上傳到網路……

「ＳＪ２奮戰記！～啊啊，朋友們喪命於雪原時的悲痛叫聲，其實聽不太清楚～」

同時加上了這樣的標題。

其不知道能不能稱為精彩——但是極為爽快的死法，獲得了為數不少的哀悼留言。

由於他這次也宣布會進行實況錄影，所以也有不少粉絲期待他的作品。

接著是使用光學槍，在ＳＪ２被不可次郎的槍榴彈攻擊擊潰的小隊走進酒場。

由於光學槍的威力會被所有人都理所當然地裝備的道具「對光彈防護罩」減弱，所以光學槍不利於對人戰鬥。實際上，至今為止的ＳＪ裡，也只有他們使用光學槍。

他們這次也會貫徹自己的原則嗎？

也有不少人注意著，這群人是否能活用光學槍射程長且命中率高，最重要的是因為輕量而能搬運大量武器與能源包的優點。

接下來是舊日本軍將領、越戰的美國士兵等，完美呈現懷古造型的戰史愛好者小隊「New soldiers」（ＮＳＳ）的眾人入場了。

由於角色扮演的重現度實在相當高，讓他們所坐的桌子散發出一股明顯不同的氣氛。

最後有備受矚目的隊伍出現了。

「哦，優勝候補入場！」

入口旁的某個人以開玩笑的口氣這麼說道。酒場裡的觀眾注意到他們後，全都稍微靜了下來。

他們是小隊實力方面算數一數二的參賽者，亦即ＭＭＴＭ的六個男人。這群強者本次也穿著筆挺的瑞典軍迷彩服，並露出銳利的目光（有一個人戴太陽眼鏡就是了）。

酒場裡的眾人當然不可能知道——ＭＭＴＭ在這一個月左右的時間裡，進行了更加嚴格的修行。

隊長缺席了六月舉行的GGO最頂尖大會，也就是個人的大混戰「Bullet of Bullets」，簡稱BoB的第四屆大會。這是因為他把目標集中在SJ3上了。

勒克斯正如之前自己對眾人所說的，已經獲得MSG90狙擊槍了。

同時也盡可能取得抑制心跳數上升，製作高準確度子彈等狙擊手需要的技能。

當然也不斷練習射擊技術，讓實力有了長足的進步。如果是在無風的良好狀況下，800公尺以內都是他的獵殺範圍。

至於減少一名使用突擊步槍的成員這一點，則是再次確認包含隊長在內的四人合作來加以對應。同時每個人也增加了所持的彈藥數。

已經做好萬全準備。但只有預賽時才有機會以新體制來實行對人戰鬥的實戰，而且對手立刻就被幹掉，所以可以說是在直接上陣的狀態下參加SJ3。

即使如此，他們依然是幹勁十足。

目標當然是優勝。以及對上一屆把自己小隊打得體無完膚的Pitohui復仇。

觀眾們也沒有忘記。

SJ2的終盤，在巨大圓木屋裡的室內戰鬥。

在MMTM的攻堅之下，Pitohui小隊的四名蒙面男雖然奮力作戰，最後還是難逃全軍覆沒的命運。

接著開始的是ＭＭＴＭ最擅長的室內戰，人數則是六對二。

明明是絕對能夠獲勝的戰鬥，卻被復活且大肆作亂的Pitohui獨自一人將戰局翻盤。

真要說的話，他們在ＳＪ１是被蓮與Ｍ全滅，所以這次也兼具向他們復仇的目的。

而且這次他們三個人竟然在同一支小隊，可以說是求之不得的狀態。

ＳＪ３裡再次相遇時，他們與Pitohui等人將會展現什麼樣的戰鬥呢？這可以說是觀眾人最為期待的，名符其實的「殊死戰」。

ＭＭＴＭ坐到位子上時，含有女性成員的兩支小隊就接連進入酒場當中。

首先是第一支小隊。

在ＳＪ２的轉播裡，如果是觀看「蓮的戰鬥」，那麼大概都能記得這名身穿黑色戰鬥服的帥哥玩家。沒錯，就是在巨蛋內的鏖殺當中，最後被ＭＭＴＭ擊中而喪命的那個傢伙。

只不過，最多也只有這樣的印象。

該名角色入店時，完全沒有喧囂停止的現象。說起來，不知道有多少人注意到外表看起來像帥哥的她其實是一名女性角色呢。

克拉倫斯她……

「嗯，我們的實力本該是這樣的反應。就算走進來，也沒有人看我們呢。」

則是毫不在意，反而有點高興般對著隔壁的山姆這麼說。

「唉……」

穿著茶色與綠色斑點迷彩服的山姆給了個相當隨便的反應。兩個人坐到酒場入口附近的位子上。

這次克拉倫斯的小隊只有這兩個人。

雖然大家在預賽時提供幫助，對手又是首次參加ＳＪ的小隊，所以順利擊敗對方突破了預賽，但正式大賽時就只有兩名成員。

不用想也知道，這是場沒有勝機的戰鬥。雖然同樣只有兩個人就參加ＳＪ的蓮和Ｍ最後獲得了優勝，但那兩個傢伙是例外。

也難怪山姆會是一副興趣缺缺的態度，結果克拉倫斯就對這樣的他說：

「那麼，讓我們大鬧一番吧。一開始就按照我的計畫進行喲。」

「唉……」

山姆發出不知道是回應還是嘆氣的聲音。

幾乎和克拉倫斯他們同時進入酒場的是……

「哦，是上一屆被謀殺的小隊……」

正如酒場裡某個人小聲說出的內容，來者正是在ＳＪ２裡被Pitohui從背後射殺的五名ＫＫＨＣ成員。

四名男性與一名女性——她當然就是綠髮的夏莉了。

所有人都跟平常一樣穿著狩獵夾克。沒錯，因為他們也只有這套服裝。

「那個女的……確實是給了Pitohui一擊的傢伙吧？她很有骨氣喲。」

正如某個人的讚賞所說，在ＳＪ２裡讓Pitohui受傷的，就只有她和蓮而已。

觀眾看不見ＳＪ參賽者的ＨＰ。他們大概都認為「子彈只是擦過」，所以被擊中頭部的Pitohui才沒死。

其實並非如此，Pitohui當時差點就死亡了。

殘留的ＨＰ幾乎已經薄到看不見。命懸一線的Pitohui最後雖然沒有死，但知道這個事實的就只有Pitohui和她的小隊成員。

ＫＫＨＣ的五個人進入熱鬧的酒場，隨即進入最近的包廂當中。

坐在圓桌前的夏莉等人，各自點了自己喜歡的飲料之後……

「夏莉啊，事到如今我們也會拿出全力……不過，我們有勝機嗎？」

其中一名男性以險峻的表情對伙伴們這麼問道。這時另一個男人……

「老實說，我們根本沒練習過小隊合作喔。ＳＪ是團體戰吧？我們贏得過彼此間能配合的小隊嗎？」

接著說出這種軟弱的發言。

這兩個人就是在ＳＪ２首次幹掉敵人時……

「憑我們的實力，應該可以獲得不錯的名次喲？」

「說得也是。讓他們陷入血海吧。」

氣勢洶洶地這麼說著的成員。

當初是被夏莉的氣勢震攝住才決定參加ＳＪ３的ＫＫＨＣ，在預賽時差點遭到淘汰。

對手是裝備了突擊步槍與機槍的六人小組。己方小隊的所有成員，則是為了增進現實世界的狩獵技術而使用每射擊一發子彈就得動手裝填的手動槍機式步槍。沒錯，他們就只有這種武器而已。

之所以能勝利，靠的全是夏莉的狙擊。

原本就能不發出彈道預測線來進行狙擊的他們，「只有」射擊能力相當優秀，再來如何保持冷靜就是他們獲勝的關鍵。

夏莉成功地做到了這一點。

她毫不理會因為敵方槍林彈雨而產生動搖的眾伙伴，即使對方強行進行突擊也不膽怯，以惡魔般的冷酷態度持續射擊。

敵人隊伍共六個人，其中竟然有五人是死在夏莉的槍口下。

那種冷酷的戰鬥模樣，讓伙伴們只能茫然望著她……

「什麼時候變得那麼擅長對人戰鬥了？還有，那個『子彈』是……？」

同時忍不住開口這麼詢問。

夏莉則一臉輕鬆地回答：

「有時間的時候，我會自己一個人玩遊戲。除了狩獵怪物之外，也經常ＰＫ。我會伏擊其他中隊，狙擊到彈匣空了之後就逃走。至於這種子彈——是我做的。」

「…………」

聽到這裡，男人們當然會覺得難以置信。

過去曾說過「不想射擊人類」的人，竟然獨自積極地以狩獵其他玩家為樂。

這支小隊最強的隊員，並非ＳＪ２之後就失去活力而什麼都沒做的男人，而是夏莉。

酒場的包廂裡，夏莉對四個男人露出險峻的表情……

「別擔心。其實我已經想到一個有效的戰法了。這是可以用我們的方法盡情大鬧一番的戰法。」

單純聽她的發言，確實是能讓人放心的內容。

男人們的表情稍微緩和了下來。

他們心想「夏莉現在應該是最強的，只要聽她的指示就可以了吧」。

「所以，你們要聽我的指示喔。」

所有人都點頭同意夏莉的話。

十一點三十五分左右。

酒場的螢幕播放著這次的贊助人，也就是五十多歲的小說家接受訪問時的畫面。看來並非實況，而是錄影轉播

他就是成為ＳＪ１贊助者的超級槍械狂。依然自認為這樣很帥而留著一臉亂鬍的他，看起來就是一副邋遢的模樣。

現實身分曝光，也就是被得知身分的作家，ＧＧＯ裡的虛擬角色卻沒被發現，這可以說是相當罕見的情形。

訪談當中，他一直像個小孩子般興奮的嚷著ＳＪ２主辦的位子被搶走，這次能夠成功舉行真是太高興了。

他似乎也知道ＳＪ１優勝獎品「簽名套書」的評價相當糟糕，所以便低頭道歉並表示這次改為ＧＧＯ的道具。

採訪者的女性問到了特別規則的事情，他便故意像要透漏情報般先說了「其實呢……」，然後才大搖其頭表示「不方便透漏」。

「好了啦，什麼爛演技。」

「是這個傢伙想出來的規則吧？他的性格相當扭曲，大概也不會是什麼正經的規則。」

「槍械狂有個性正直的人嗎？我看是沒有。」

「你這麼說特別有說服力。」

「是啊。這要看功力啦。」

這次的觀眾依然是盡情大放厥詞。

十一點四十分左右。

參賽小隊幾乎都已入店，同時也聚集了比上次更多的觀眾——

酒場的氣氛也開始熱絡了起來。現場籠罩在祭典即將開始的氛圍下。

本屆也舉行了「大會結束為止會發射幾發子彈（以及光學槍的能源彈）」的預測，但上屆與上上屆都沒有完全猜中的得獎者。

嗯，要完全猜中以萬為單位的數字，本來就跟中樂透一樣了。買氣之所以還能這麼熱絡，完全是因為ＳＪ沒有預測獲勝者的賭博。

而上屆榮獲冠軍的Ｔ—Ｓ小隊，看來尚未來到現場。

「虧他們敢厚著臉皮參賽！」

「一來就要噓死他們！」

「別幹這麼不成熟的事情。不過這次是期望他們會輸啦！」

「那些傢伙！竟然敢幹掉我的小蓮和不可次郎！」

「嗯，之前就說過了，她們不是你的。」

雖然有這些忿忿不平的觀眾——

「隻身前來果然是正確的選擇。」

「是啊。」

「沒被發現沒被發現。」

但Ｔ—Ｓ的眾人其實已經大刺刺地坐在酒場的桌子前面了。

而且還像是在舉行比賽前的宴會一樣，擺放了食物與飲料在眼前，享受著虛擬飲食，同時聽著對自己的批評。

至於為什麼沒有被發覺，道理其實相當簡單。因為小隊所有成員都是極為常見的戰鬥服打扮，身上沒有被當成特徵的大量護具。

臉龐完全沒有被看過的他們，可以說相當輕鬆。

這時有一個男人翩然靠近他們六個人的桌子。身上穿著叢林迷彩服，頭戴紅色貝雷帽的男人小聲地對他們搭話。

「你們——」

哎呀，被識破了嗎！

T—S的眾人雖然提高警覺，但並非他們所想的那樣。

「應該不是觀眾，而是參賽者吧？」

感到意外的其中一名小隊成員……

「咦？嗯，是啊……」

也就忍不住老老實實地回答對方，結果……

「果然。不介意的話就看看這個吧。」

男人這麼說完，就放下一張郵票大小，名為訊息卡片的道具。這是觸碰後就能傳送給玩家文字情報的道具，說起來也就是信件。同時也能把道具交給對方。

男人沒有聽回答就直接離開了。

T—S的成員們雖然感到疑惑，但還是依序觸碰了道具。為了不讓其他人看見正在閱讀，他們打開只有自己看得見的視窗。

接著，在閱讀上面的短文後……

「…………」

六個人全屏住了呼吸。

讀完後過了幾秒，訊息卡片就自動消失了。這是為了不留下證據的措施。

在同一時刻，也有其他的道具被放進成員們的倉庫欄當中。

十一點四十六分。

SJ3的參賽者必須在五十分前進入酒場。因為從那個時候就會開始轉送到待機區了。

剩下四分鐘時，最強小隊之一來到現場。

她們是全都穿著大量細微綠色斑點迷彩服的SHINC。SJ1是準優勝。SJ2是第四名。不但是留下優異戰績的小隊，也是六名成員全是女性的娘子軍團。

「來啦！」

「嘿！等妳們很久了！」

「大幹一場吧！這次一定要獲得優勝！」

女人們抬頭挺胸地走過鼓譟的觀眾面前。

走在前頭的是略為嬌小，有著狐狸眼與銀色短髮的女性。她的名字是塔妮亞。是這支小隊的先頭偵查兵──亦即在戰場上打先鋒的高速攻擊手。

武器是「野牛」衝鋒槍。這把槍械附著了裝有53發9毫米口徑子彈的圓筒形彈匣，而她就肩負著揮舞這把武器來擾亂對手的任務。同時擁有9毫米口徑自動手槍「Strizh」作為副武器。

連入店都要搶先的塔妮亞身後，是一名戴著太陽眼鏡、晃著波浪狀金髮，同時和身旁同伴談笑的女性。她是打扮簡直就像外國電影女星的安娜。

她是小隊裡兩名狙擊手之一，使用的是「德拉古諾夫狙擊槍」。同時也是最美麗的隊員，有許多男人都著迷地看著她。

和安娜說話的是有著矮人族般五短身材體型的蘇菲。

她有著似乎光靠衝撞就能打倒敵人的體格。這樣的她，手持的武器是能毫不容情地發射大量子彈的PKM機槍──在SJ1時原本是這樣。

在上一屆SJ2當中，她放棄了愛用的武器，成為了搬運工。搬運的是SHINC所擁有的，GGO最強等級的武器。

她放在自己倉庫欄裡來搬運的是「PTRD1941反坦克步槍」。這把全長2公尺的巨大槍械，能發射口徑14.5毫米這種手持槍械最大等級的子彈。

SHINC以這把矛，正面硬撼M所擁有的盾，最後破壞其構造，讓它無法繼續使用。當時那轟隆聲不斷的砲戰，給觀眾們留下了深刻的印象。而且眾人也都記得蘇菲當時負責的任務。

走在兩人身後的是，黑髮上戴著綠色針織帽的高挑女子。她是隊上的另一名狙擊手——冬馬。

平常拿著附加可變倍率瞄準鏡的德拉古諾夫狙擊槍，不過當蘇菲將PTRD1941反坦克步槍實體化時，就是由冬馬來扣下扳機。

SHINC在許可的地點應該就會毫不留情地使用這把必殺武器，而它也將成為其他參賽者恐懼的對象。

因為這把槍的威力實在太強大。可能會從看不見身影的超遠距離飛來強力的一發子彈。由於它是越靠近穿透力就越強的猛烈子彈，所以就更令人覺得棘手。連至今為止能夠躲藏的鐵板後方，都變得不再能完全安心。

「太危險了……」

應該是ＳＪ３參賽者的其中一人，以她們聽不見的聲音呢喃著。他身邊的伙伴也紛紛表示……

「反坦克步槍根本是犯規吧。別用它朝人射擊啊。」

「對啊對啊。」

「一點都不溫柔。」

「對啊對啊。」

跟在後面的ＳＨＩＮＣ第五名成員，由於有著紅色短髮與滿臉雀斑，所以年紀看起來也比較大。她是一名散發出老街大媽氣氛的女性，名字叫作羅莎。

她是ＰＫＭ機槍的使用者之一，身上揹著裝有大量彈藥與預備槍身的背包，不論是在ＳＪ１還是ＳＪ２裡，都經常拿著這把武器瘋狂射擊。

這次身為隊上唯一機槍手的她，應該同樣會提供強大的火力支援吧。

而第六個人，也就是走在小隊最後面的，便是率領這群最強娘子軍的隊長，身高超過一八〇公分的高大女性。

臉孔嚴肅、皮膚黝黑的她看起來就像隻母猩猩。但是卻又晃動著散發女性氣息的辮子。

她的名字是伊娃。是被所有成員稱為老大的司令塔。

使用的槍械是消音狙擊槍「ＶＳＳ」。

雖說是消音，也與之後才把消音器（或稱抑制器、滅音器）加裝到槍口的槍械不同，是從設計與子彈就考慮到消音的槍械。其安靜的程度超乎想像，連處身於附近的對手，都能在完全不被聽見槍聲的情況下將其解決。

而她右腰的槍套上也跟塔妮亞一樣掛著Strizh。

她們ＳＨＩＮＣ的戰鬥，有一種所謂的必勝模式。

全員在一絲不苟的小隊合作下行動，在占據比發現的敵人更加優異的位置時，首先會由豪邁的機槍張開猛烈彈幕，然後使用德拉古諾夫狙擊槍的兩個人以準確的射擊加以輔助。

即使能夠撐過這些攻擊，對手也不敢輕舉妄動。這時候老大和塔妮亞就會悄悄繞到後方，以迅速的動作與消音槍一個個將對手屠殺殆盡。

此外也有反其道而行的戰法。

也就是機槍手與狙擊手故意不瞄準對手來射擊。認為自己位置沒被對方發現的敵人想要繞到她們後方時，就會遭到在那裡等待的老大與塔妮亞攻擊。

她們小隊分工與合作的能力實在太過優秀，甚至讓看著轉播的觀眾們浮現究竟怎麼樣才能配合得那麼天衣無縫的疑問，但知道理由的就只有蓮和不可次郎而已。

ＳＨＩＮＣ和ＭＭＴＭ一樣，這次也絕對是大賽的優勝熱門隊伍。

觀眾們滿心期待著她們究竟會展現什麼樣的戰鬥。

這個時候，由於到了這種時間空桌子也會變少，所以這群女性就通過ＭＭＴＭ占據的桌子前面……

「嗨，各位淑女。」

隊長輕鬆地朝著老大搭話。

ＳＪ２開賽前，曾經在類似狀況下擦槍走火的兩個人，這次又會做出什麼樣的攻擊，不對，應該說是「口擊」呢，當周圍的人全都繃緊神經注視著兩個人時……

「哎呀，午安啊。」

停下腳步的老大以極為冷淡，但不帶有敵意的口氣這麼回答。

然後和隊長談了一會兒。

「上次還是很可惜，沒能跟妳們全力對戰。只能說總是沒有緣分。」

「是啊。不過，這本來就是全靠運氣來決定的事。」

至今為止的大賽裡，這兩支小隊從未認真地全力交火過。

上屆大賽時，ＳＨＩＮＣ的機槍為了解救陷入危機的蓮而開火，不過ＭＭＴＭ立刻漂亮地撤退了。

「讓我們彼此好好努力，希望可以讓運氣降臨到伙伴身上。對了——」

改變著話題的ＭＭＴＭ隊長，露出皮笑肉不笑的笑容。英俊臉龐上的兩顆眼睛裡沒有一絲笑意。

「我就老實說吧。我們在這屆大會裡，最大的敵人不是妳們。當然，如果是優勝決定戰就另當別論了。不過在那之前，都不是這樣。我想妳們也是如此吧？」

「原來如此。看來我們有同樣的想法。」

老大以依然嚴肅的臉龐這麼回答。

彼此不是對方最大的敵人。我們各自都有想在ＳＪ３裡打倒的敵人。所以，如果「倒楣」地碰上了的話，那個時候逃走應該沒關係吧？

仔細確認過這樣的共識後，兩個人耳裡就聽見酒場傳出了吵雜聲。

聲音是來自入口的方向。

不用看也知道是什麼人進來了。

「來了嗎……」「來了嗎……」

兩人的發言與時機完全重疊在一起。

對兩支小隊來說最大的敵人入場了。

過了十一點四十八分……

「為什麼總是要到最後關頭才入場啊！」

蓮來到酒場了。

穿著平常的粉紅戰鬥服，頭戴粉紅帽子，同時披著像要隱藏它們般的茶色斗篷。

「太隨便了吧！這樣對心臟不好吧！許多事情都讓人受不了！」

蓮正在生氣。只見她氣沖沖地對身後的人丟出帶有感嘆符號的發言。

其實也難怪她會這樣。因為再晚個一百秒左右就沒辦法參加大會了。

「哎呀，抱歉抱歉。我請妳喝冰紅茶，再加上妳最喜歡的下酒菜。」

身後毫不感到愧疚的不可次郎也跟著入店了。

嬌小的身軀上，罩著跟蓮一樣的斗篷。拉下斗篷兜帽的她稍微遮住了臉，看起來就像是某個賢者一樣。雖然還是很矮小就是了。

「哪有那種美國時間！」

蓮依然生著氣。

「哎呀，有什麼關係嘛，稍微遲到一下而已～」

後面跟著入店的是身穿連身衣褲的Pitohui。

「好不容易趕上了。」

然後是穿著T恤的M。

兩人毫不介意在最後關頭才入店，就跟平常一樣難以捉摸而且冷靜。

「唉……」

感覺自己一個人發脾氣實在很蠢的蓮，只能垂下斗篷底下的肩膀。

上屆的SJ2時，在潛行前吃了冰淇淋的美優因為肚子痛而差點遲到。

老實說，這次到最後關頭才入店也是這個傢伙所害。

其實美優，或許應該說她的虛擬角色不可次郎，竟然到今天都還待在ALO裡面。正確來說，應該是到剛才為止都還是這樣。

她似乎跟同伴在ALO裡有一場大冒險，從週六早上就在穿插著用餐、上廁所休息的情況下──當然是在現實世界──幾乎是不眠不休地玩著遊戲。

這實在是相當不健康的遊戲方式。

一天數個小時以上的潛行也會對精神產生不良的影響。而且長時間處於VR世界的話，有可能會變成「分不清哪邊才是真實」的恐怖精神狀態。

「哎呀，雖然經常聽人說VR遊戲一天最多只能玩兩小時──但來到我篠原美優這個等級，應該就沒什麼問題了吧？」

先別管她的遊戲方式了，按照原本的預定，不可次郎將在早晨結束與伙伴在ALO裡的雀躍冒險，然後在還有幾個小時的寬裕時間下轉移到GGO。由於她過去曾經待過GGO，所以使用了預定轉移來事先進行小隊登錄這樣的瘋狂技巧。

但是，她的大冒險卻拖延了許多時間才結束——結果在最後一刻才轉移到GGO裡。

認為就算沒辦法在前一天，至少也該在時間較為寬裕，也就是今天十點時在格洛肯集合的蓮，都已經把不可次郎的所有裝備放到台車上等待著她了——

由於沒有任何聯絡而且人也沒有出現，所以蓮嚇得臉色發青。

Pitohui和M則是按照事前所說的，準時在十一點時潛行到GGO並和蓮聯絡，結果……

「糟糕了！不可次郎沒有來！怎麼辦！」

兩人一邊安撫眼眶含淚且慌了手腳的蓮，一邊跟她一起等了三十分鐘以上。

然後才與好不容易轉移到GGO來的不可次郎一起像這樣全力衝到酒場來。

原本已經有只能三個人一起參賽的打算。放棄掙扎的他們，準備把不可次郎當成陣亡了。

雖然結果還是趕上了，所以也沒什麼好追究，不過蓮已經是疲憊不堪。

「我累了……真的累了……」

從大會開始前就已經是這種狀態，未來真是令人不安。

蓮一進入酒場……

「來了啊啊！」

「喔喔喔喔！」

「等好久了！」

一瞬間安靜的酒場，一口氣變得熱絡了起來。

即使隱藏在斗篷底下，誰來到了現場還是一目了然。特別矮小的兩個人相當顯眼，而且之後進入的Pitohui與M根本沒有打算隱藏。

「優勝的超級大熱門耶……」

「而且是超作弊的小隊……」

觀眾們說出老實的感想。

也難怪他們會這麼想。因為是ＳＪ１優勝、ＳＪ２準優勝以及第三名合作的小隊。

現在走進酒場的四個人——

極為嬌小、極為靈巧，沒有絲毫猶豫就果敢進行出乎敵人意料突襲的蓮。

雖然矮小卻力大無窮，以兩把連射槍榴彈發射器的超高火力提供掩護的不可次郎。

毫不在意他人眼光，採取瘋狂戰鬥方式的全方位高性能殘忍女，Pitohui。

能做到無預測線狙擊的超高技術，以及擁有能抵擋大部分子彈的盾牌，性格冷靜沉著的巨漢，M。

每個人的能力都相當強大——

或許應該說，全是往奇怪方向全力發展的成員。

雖然這支小隊只有這四個人，但這些傢伙的話，一個人應該能抵兩個普通玩家用。所以實際上可以算是八個人的小隊吧。

這支小隊接下來將會如何展現打著「活躍」名號，實際上是超華麗且體面的大量殺戮呢，酒場的觀眾這時候早就快要等不及了。

酒場裡ＳＪ３的參賽者們，也充滿期待地想著要如何打倒這支惡魔般的小隊，藉此來提升自己的知名度。嗯，或許根本辦不到啦。

「嘿！大姊加油啊！」

「期待你們的表現喲！」

店內飛來對Pitohui的聲援……

「哎呀哎呀，感謝。謝謝支持啦。」

結果她就像是在競選車上的候選人一樣，笑著對他們揮手。

ＳＪ２的時候，Pitohui也是這種模樣。但當時幾乎沒有人認識她，所以現場的空氣冷到了極點，不過這次則完全相反。

「喔喔！大姊！」

「我愛妳～！盡量殺吧～！」

「很期待妳的表現！」

觀眾們像是看見偶像般發出盛大的鼓譟聲。

「謝謝大家～！」

Pitohui也像是歌手一樣親切地回應眾人。不過現實世界的她的確是歌手就是了。

「喂，她看著我笑了耶！」

「笨蛋，她看的是我啦！」

現在酒場裡，一看就能知道天真地喧鬧著的角色是觀眾……

「…………」

而默默瞪著他們的就是參賽者。

到底在哪裡呢？

蓮開始找人。只見她搖了頭，也跳了起來。

然後就找到了。如此龐大的體型還綁著辮子的話，就算距離遙遠也能立刻知道是那個人。

「各位參賽選手久等了。三十秒後將開始轉送到待機區域。已經做好戰鬥準備了嗎？」

開始傳出這樣的廣播。

從觀眾那裡……

「小蓮加油！」

「大鬧一番吧！」

「今天也是那麼嬌小可愛！」

傳出了加油聲，但蓮根本沒有時間給他們好臉色看，直接小跑步趕到了老大身邊。

一看手錶才發現時間已經是十一點四十九分五十秒。

雖然已經沒有時間了，但只有這件事情一定得傳達給對方知道。

蓮站在老大面前，抬起頭看著她。斗篷帽子底下的臉龐露出了笑容。

「來了喲。」

老大以門神般的站姿來迎接她。嚴厲的臉上，浮現小孩子看見很可能會哭泣的笑容。

「等妳很久了。」

然後到了十一點五十分。

突然開始的轉送，讓兩個人變成光粒然後消失在現場。

不知道究竟有多長，而且只能看見地板的微暗狹窄空間——這就是待機區域。

在空無一物的空間高處，浮著「待機時間　09:55」的巨大文字，數字則是一秒一秒地減少著。

在SJ3開始前的十分鐘裡，參賽玩家都會在這裡整理裝備，並和隊友再次確認戰略。

在大會中HP歸零，也就是角色死亡時，也會在這裡待機十分鐘才回到酒場當中。

這段時間也跟成為屍體，在SJ3戰場上作為「無法破壞物體」的時間相同。等待的時候，可以觀看戰鬥的實況轉播來打發時間。當然也可以直接登出遊戲。

「那麼……」

在待機區域裡的蓮，覺得無論如何都應該先把該做的事情做完，於是就開始進行戰鬥的準備工作。到了第三次參賽，什麼事情都會習慣多了。

像樂團指揮一樣在空中動了一下左手後，下達指令用的視窗就出現在眼前。

蓮觸碰並捲動它們，首先把在SJ裡用不上的斗篷收納到倉庫欄裡。斗篷無聲地消失，粉紅色小不點在這一刻取回屬於自己的顏色。

蓮接著將配給品實體化。

它們是發給所有參賽者的SJ必需品，三根「急救治療套件」以及「衛星掃描接收器」。

急救治療套件是ＳＪ中唯一能恢復ＨＰ的道具。

這宛如大型針筒的筒狀物，無論刺在身體的什麼地方都沒關係。雖然每一根能夠恢復30％的ＨＰ，但治療完成必須花上一八〇秒的時間，所以沒辦法在戰鬥中瞬間恢復ＨＰ。

衛星掃描接收器能收看接下來將在其中作戰的特設戰場地圖，同時也是藉由每十分鐘的衛星掃描來得知對手位置的儀器。外觀幾乎跟智慧型手機沒有兩樣。

由於是一旦失去就無法順利進行ＳＪ的最重要道具，所以被設定為無論如何都不會損毀。

ＳＪ１時，蓮就靠著把它放在胸前口袋裡而撿回了一條命。這是嬌小，而且身形很難說是豐滿的蓮才能辦到的事情。

也因為這樣，ＳＪ２之後，設定就變成子彈能夠穿透接收器了。嗯，作弊本來就不是什麼好事。

蓮把急救治療套件放進身體前方細長的包包裡，然後把儀器放進胸前口袋。由於上次已經跟不可次郎說明過使用方式，所以這次就可以省略了。

接著蓮又從視窗當中選擇「武裝一併裝備」。

裝備腰帶無聲地實體化，著裝在自己穿著粉紅色迷彩服的身體上。

腰部與肩膀出現恰到好處的緊繃感，接著Ｐ９０用的直向長彈匣袋就出現在腰部左右兩側。跟往常一樣，是一邊三個總共六個彈匣。

倉庫欄裡當然庫存著預備彈匣，由於上一屆出現子彈不足的危機，所以有所反省的蓮又增加了彈匣數量，總共準備了十五個彈匣。以蓮的能力值來說，真是到了差一點就要被課以超重懲罰的地步。

這次的彈匣攜帶數量，計算起來是安裝在槍械上的一個、腰包裡的六個，以及預備用的十五個，總共二十二個。由於每個彈匣裡有50發子彈，所以合計有１１００發。

上一屆裡，抑制槍聲用的消音器有了相當大的活躍，所以這次蓮還是把它帶來了。之所以沒有一開始就安裝上去，是因為短一點才比較好操控。

當然也裝備了能像電話一樣與小隊所有人通話的通訊道具。另外這次同樣帶了附有距離測量器的單筒望遠鏡。

武裝的實體化依然持續著。

蓮貴重的副武器，也就是有著黑色刀刃的凶惡戰鬥小刀出現在她的腰後方。該處是能以右手反手抽出的位置。不論是ＳＪ１還是ＳＪ２，在最後戰鬥當中有了長足活躍的都是這把小刀。沒有它的話，蓮早就輸了。

最後當然就是沒有它就無法戰鬥的絕對必需品——主武裝登場了。

整體來說相當有稜有角，只有握柄處呈圓滑狀，長約50公分左右，有著不可思議外形的槍械——Ｐ９０。顏色與服裝同樣是暗沉的粉紅色。也就是第3代小Ｐ。

手拿起槍械，以肩帶把它掛在肩上後，蓮就完成了準備。

蓮一邊感受著愛槍的重量，一邊打從內心這麼想著。

我不會再把你弄壞了。

「哦！蓮，那是新的嗎！果然很適合妳嘛！」

不可次郎從後面這麼對蓮搭話。

「是啊！」

聽見小P被人稱讚就會很高興的蓮，一轉頭就看到穿上所有裝備的不可次郎。

不可次郎也是個子嬌小且可愛的女性虛擬角色。

但是臉龐看起來卻相當銳利，感覺隨便觸碰的話就會被割傷。把長髮綁成馬尾的她，以一把小刀來代替髮髻。

這把小刀在ＳＪ２的「緊要關頭」也發揮了很大的功效。沒有它的話，蓮她們早就輸了。

不可次郎的服裝與裝備也與上一屆完全相同。

不過這也是理所當然。因為從ＳＪ２結束到剛才為止，不可次郎都不在ＧＧＯ裡面。她的所有物品都在蓮租來的櫃子裡靜靜地躺了三個月的時間。

不可次郎光亮的金髮上，戴著一頂對她來說略大的頭盔。

戰鬥服是美軍所使用的「多地形迷彩服」。上半身是長袖下半身是短褲，腳上穿了黑色褲襪以及茶色短靴。看起來相當時髦。

胸前穿了加有防彈板的綠色背心。背心上附加能裝入直徑40毫米榴彈的包包。另外背上也揹了塞滿槍榴彈的背包。

主武器是能連續發射6發這些槍榴彈的槍榴彈發射器——MGL－140。而且是兩手各拿一把。

這把凶惡的武器能夠發射最大射程400公尺，殺傷半徑5公尺左右的「炸彈」。不可次郎在SJ2裡也充分發揮了這把武器的實力，以從天而降的攻擊屠殺了許多無法直接看見的敵人。

隔了許久才又拿起愛槍的不可次郎……

「哦哦，心愛的右太與左子啊……你們都還好嗎？是不是瘦了一點……？蓮有好好地餵你們嗎？我在精靈世界超級活躍的時候，也沒有一刻——不對，也沒有忘了你們太多次喲。」

不可次郎叫著自己為左右手武器所取的名字，同時露出憐愛的眼神。隔了三個月才又握到的愛槍，究竟給了她什麼樣的手感呢？

順帶一提，不可次郎其實還有一把槍。

它是收納在右腿槍套裡的9毫米自動手槍，名稱是「史密斯&威森 M&P」——

但是不可次郎手槍的射擊技術根本上不了檯面。可以說差到了極點。

上一屆時，她對著近在眼前的對手開槍，結果卻連一發都沒射中，讓人實在很懷疑這把武器的必要性。

根本就不用帶吧。

蓮心裡這麼想，但是沒有說出口。

這個空間裡的另外兩個人，也就是Pitohui與M都已經完成準備。

M也是跟之前一樣的造型。

渾身肌肉且像座山一樣的身軀，包覆在上頭有刺眼粒狀綠迷彩的戰鬥服底下。上半身則還加了裝有防彈板來防護胸部，同時附有彈匣袋的背心。

頭上戴了貼有幾枚紙片狀布條來弄淡輪廓的闊邊帽。另外背上同樣揹著迷彩圖案的背包，裡頭裝有上屆與上上屆都相當活躍，能夠抵擋子彈的盾牌。

這面盾牌在上一屆時遭到SHINC的反坦克步槍攻擊，八片板子的連結部分雖然有所損壞，但這時當然已經修好了。

而且上一屆Pitohui手持盾牌來防禦後覺得相當方便，所以這次甚至施加了可以輕鬆分割的機關。

「喔喔，真方便！」

等待不可次郎期間聽見這個點子的蓮，頓時覺得很感動。這次蓮或許也能用到。就算因為相當沉重而無法舉著行動，也可以拿來作為防守陣地。

M手上的槍械當然也跟之前一樣，是外型有許多隆起的M14・EBR。上面搭載高倍率瞄準鏡，是可以泛用於狙擊以及平常戰鬥上的便利槍械。

右腿的槍套裡，插著一把SJ1時朝著蓮開火的45口徑自動手槍「HK45」。

最後是4發威力高於普通手榴彈的電漿手榴彈。由於是被擊中就會引起誘爆的武器，所以通常會掛在腰部後方，也就是被背包擋住的位置。

Pitohui的裝備也跟SJ2時完全一樣。

實力強大到這種地步的玩家，並不會經常更換確定下來的「最強裝備」。

Pitohui的頭上，戴著類似運動用，但是具科幻風設計感的黑色護頭。它比頭盔更輕，而且各個部位都加了防彈板，是具備一定程度防彈性能的護具。

穠纖合度的身體上穿著深藍色連身服，胸前還加了兼具防彈性能的裝備背心。背心裡收著散彈槍用的幾發散彈。另外主武器突擊步槍所使用的30連發彈匣也像鎧甲般橫列在上面。

而她的主要武器，就是在SJ2裡向蓮瘋狂開火的「KTR—09」。

它是俄羅斯製的世界最知名突擊步槍——AK—47的特製版本，著裝了能夠長時間連射的75連發彈鼓。

雙腿上各有一把「XDM」40口徑自動手槍作為副武裝。

另一把以副武裝來說威力十分強大的武器，短縮化散彈槍「雷明登M870・Breacher」則插在左腰的槍套裡。

兩腳的靴子旁邊著裝了細長的刀子。

最後的武器因為收在腰後的包包裡而看不見，不過她確實還帶了一把光劍。

在槍的世界裡，這把光劍在SJ2當中讓許多人成為刀下亡魂。

「Pito小姐——」

蓮對結束準備工作的Pitohui搭話。空中的倒數時間顯示著「04:33」。時間還很寬裕。

「這次一開始就拿出全力了嗎？還以為妳會跟上屆一樣，到了中途才換裝。」

沒錯，Pitohui在SJ2裡，一開始就只穿著連身衣，可以說是以名符其實的兩手空空狀態來玩這場遊戲。

在山岳地帶的戰鬥當中，她竟然奪走敵人的武器大鬧了一番。之後更用小隊的搬運工所持的M107A1反器材步槍來進行狙擊。

是在遊戲進行了好一段時間後，才變成全副武裝的戰鬥模式。

為了參加這次的大賽，蓮仔細地看過了SJ1與SJ2的轉播影像。為得是預習與複習參戰隊伍的槍械與戰術。

結果也打從心底對Pitohui在瀑布溪谷的殘暴戰鬥方式感到恐懼。這次她是自己的伙伴真是令人鬆了一口氣。

Pitohui回答了蓮的問題。

「是啊。老實說，這次完全無法準備，因為根本沒有時間。」

「噢，說起來真是這樣喔。」

蓮也知道她的情況。

Pitohui在現實世界的身分，也就是神崎艾莎，到昨天的星期六為止都在跑全國巡迴演唱會的行程。

除了在日本各地移動之外，也不斷在等待著的粉絲前面，進行著在安可曲結束之後整個人倒地而需要用上氧氣瓶的熱唱。

雖然是從網路新聞裡頭得知的消息，不過昨天晚上東京都內某處的壓軸演唱會似乎是盛況空前。

「那麼，也很久沒玩GGO嘍？」

蓮這麼詢問。

蓮本身在決定參加SJ3之後，就在課餘時間數次潛行到GGO裡。她挑戰了狩獵高難度的怪物，除了一邊增加經驗值之外，也一邊進行恢復戰鬥感的訓練。

從複習影像等行為，就能看出蓮一板一眼的個性……

「是啊是啊！我很久沒玩了！」

「嗯，我知道。」

回了插話進來的不可次郎這麼一句之後，蓮就等待著Pitohui的回答。

「是啊，真的很久沒玩了。雖然很想潛行個一次，但遇上演唱會就實在沒辦法。」

「我一直在旁邊監視，因為這傢伙一旦潛行到GGO裡，區區幾個小時是絕對不會回來的。然後隔天還會想玩。」

「原來如此。」

蓮非常能夠了解M的話。同時也注意到了一個事實。於是抬起頭來問道：

「那麼，M先生也一樣嘍？」

M巨大的下顎緩緩上下動了一動。這也是理所當然的事。既然在現實世界裡監視，就不可能只有豪志自己來到GGO。

「我也兩個月以上沒有玩ＧＧＯ了。甚至覺得有點懷念。」

「唔……」

蓮發出沉吟。

這四個人當中，勉強算比上一次強一點的就只有自己一個人。

雖然三個人的實力原本就相當雄厚，但小隊合作方面還是殘留著課題。

蓮曾經和他們三個人分別都組隊過，所以應該沒有問題，但是不清楚不可次郎與Pitohui他們是否能順利合作。

就算只有一次也好，實在應該一起狩獵一下怪物。

心裡雖然這麼想，但沒辦法的事就是沒辦法，所以也無法強求。

「嗯，昨天的疲勞尚未完全恢復，這次或許該悠閒地待在酒場裡比較好。如果沒辦法拿出最好的表現，這對觀眾——不對，應該說對其他參賽者也很失禮吧。」

Pitohui以感觸良多的口氣這麼說著……

「這樣啊……說得也是……」

蓮也同樣以感觸良多的態度點點頭後……

「嗯？」

才注意到某個事實。

「喂！我原本覺得不用參賽也沒關係，是Pito小姐硬把我拖來的吧！」

嬌小的身軀一爆發怒氣，Pitohui就一臉輕鬆地說：

「哎呀哎呀。我是為了幫助小蓮和娘子軍團一決勝負啊。」

「唔～！」

「別鬧彆扭別鬧彆扭。好啦，就送好孩子一個禮物吧！」

「嗯～？」

Pitohui以左手操縱視窗後，眼前就出現大概有百科辭典大小的金屬箱。

蓮一用雙手抓住箱子，就發現它相當沉重。

「這是什麼？」

「是給小蓮的禮物。打開看看吧～」

蓮把箱子放到地板上，打開鉸鏈式蓋子往裡頭一看，結果發現厚紙製的緩衝材上，漂亮地排了6發40毫米的槍榴彈。圓滾滾彈頭並排的模樣，看起來就像是盒裝雞蛋一般。只不過，顏色是鮮艷的藍色就是了。

「哦哦！Pito小姐果然沒有爽約！」

蹲到旁邊來並發出高興聲音的是不可次郎。

「啥？什麼約定？」

露出不可思議表情的蓮旁邊，不可次郎伸出纖細的手抓住槍榴彈並拿起來，接著不停望著它。

蓮還是首次見到彈頭部分是鮮豔藍色的槍榴彈。

「唔喔喔！唔呵呵呵！」

蓮還是首次聽見不可次郎發出這種相當噁心的笑聲。

「蓮啊！妳知道這是什麼嗎？」

「是不可使用的槍榴彈吧？」

「YES！是沒錯，但是You know槍榴彈的種類嗎？」

「I have no idea。」

蓮才剛搖頭……

「那就好好聽著！這是一旦炸裂就能轟飛半徑10公尺內物體的『電漿彈頭』！」

「什麼！」

蓮嚇了一跳。

曾經從販賣MGL—140的店家那裡聽說過，所以知道它的存在。那是由於威力實在太強大，所以價格高得驚人又相當稀有的，40毫米口徑發射器用的電漿彈頭槍榴彈。

威力雖然和投擲型的大型電漿手榴彈相同，但重點是能夠用發射器將其發射到400公尺之外。老實說是相當作弊的武器。

ＳＪ２時，不可次郎也曾經想裝備這款彈頭，但最後還是只能放棄，改以輔助蓮用的粉紅煙霧彈為優先。

「而且有6發！Pito小姐謝謝妳！愛妳喔～！」

不可次郎就像拿到聖誕禮物的小孩子般興奮地跳來跳去。

原來如此，為了小隊著想的Pitohui，應該是花了大量金錢幫忙準備稀有武器。謝謝妳了，Pito小姐。

蓮在心中這麼感謝的同時就又注意到另一個事實。

「那個禮物，根本不是『給我』的嘛！」

「哎呀，小蓮。別計較這種小事了！不然會禿頭喲。」

「才不會哩！」

不可次郎把兩把ＭＧＬ－１４０放到腳下，接著放下揹著的背包……

「嗚呵呵呵，１發、２發、３發～」

把6發凶惡的彈頭放了進去。

不可次郎背包的主要置物空間已經塞滿普通的槍榴彈，所以是把電漿彈頭放到側面的口袋裡。

「那裡沒問題嗎？從背後被擊中的話不會爆炸嗎？」

蓮有些擔心。

通常的槍榴彈是設定為就算被擊中也不會產生誘爆，不過電漿類型就另當別論了。由於實在太過方便，所以就設定了缺點。

如果不可次郎的背部被擊中而發生誘爆，在半徑10公尺的傷害範圍內，似乎連同伴都會因為被捲入爆炸而死。

結果不可次郎以手阻止蓮繼續說下去並咧嘴一笑。

「喂喂，有三名強者守護著我的背後耶，我可是一點都不擔心！」

「不可……」

蓮才剛感到有些感動，不可次郎就立刻又接著說：

「而且與其一個人孤單地死去，我還是想隨便找個墊背的華麗地一起死。」

蓮隨即露出看向遠方的眼神。

「啊~嗯。我會盡量不待在不可附近。」

「太過分了！我們是搭檔吧！我們是好姊妹吧！我可是因為想和蓮一起戰鬥才來到GGO的喲。」

「嗯，我很期待妳的表現。不過，老大還是得由我來打倒。」

「真拿妳沒辦法，她就讓給妳吧。」

不可次郎揹起背包然後站了起來。背包明明應該相當沉重，但是對體力數值高到令人不敢相信的不可次郎來說，感覺就像是把夾克穿起來一樣輕鬆。

這支小隊的戰鬥準備至此全部完成。剩餘時間只有短短的八十秒。

這時候Pitohui……

「那麼，在出戰前要不要圍個圓陣啊？就當作我們四個人友情的證明！」

「Pito小姐，好像有一個人混雜著『愛情』吧？」

不可次郎豪爽地開起她和M之間關係的玩笑，結果Pitohui立刻這麼回答：

「沒關係。其實我超討厭他。」

「我想也是～」

「老實說跟蹤狂真的很噁心。」

「我懂～」

「因為是個肥豬，所以能盡情地嘲諷，想不到忽然變瘦，體格還變得相當好呢。」

「真的是詐欺～」

「然後穿衣服還越來越有品味，相當受到其他女人的歡迎。」

「實在不可饒恕～」

「本來想乾脆把他的臉打到變形，結果又出乎意料地耐打。」

「太過分了～」

「想在遊戲內把他操到精神崩壞，結果他反而更加努力，還休假到國外去進行實彈射擊，最後射擊技術變得比我還高超。」

「實在太白目了～」

「所以很想在這次的大會裡從後面幹掉他。」

「我會幫忙喲！」

「請不要再說了！M先生他也是會哭的啊！」

看見陷入沉默的M，蓮就忍不住這麼大叫。

「嗯，先別管他了。那麼，把手、Hand、小手手伸出來吧！」

三人圍起圓圈，對著Pitohui伸出的手……

「來了。」

蓮……

「來嘍。」

不可次郎——

「那麼……」

以及M依序把手疊了上去。

Pitohui乾咳了一聲……

「那麼，現在就由我來幫大家加個油！那個，小隊LPF——啊啊，真拗口，大家！準備好了嗎？」

其他人異口同聲發出「喔！」的聲音。

「雖然完全沒有事前準備，但準備好要進行猛烈的虛擬廝殺了嗎？」

喔！

「別忘了！人人為我！我為自己！」

喔——嗯？

「大家都是好伙伴！雖然不能同日生！但求我最後才死！」

喔喔……

「因為好久沒玩了，所以讓我們悠閒地享受遊戲的真正價值！也就是只能獲得優勝！」

啥～？

「那麼各位，讓我們盡情大鬧——」

時鐘顯示「00:00」，Pitohui的話說到一半就消失，所有人都被轉送到戰場裡頭去了。

SECT.3

第三章　那裡是座島。然後……

蓮一睜開眼睛，所能看見的物體就是海岸。

放眼所及之處盡是一大片波濤洶湧的海洋。30公尺左右的前方，巨浪隨著低音衝擊隆起的岩岸並粉碎。看起來簡直就像冬天的日本海。

至於海洋的顏色，則是會讓人覺得究竟是溶解了什麼才會變成這樣的暗沉、刺眼的灰色。海洋上面的一整片天空也是帶點紅的灰色。

這屆SJ的天氣似乎也不怎麼好。而且還吹著絕不算弱的風。它們大部分是從海上吹過來，不過偶爾會稍微改變方向，所以很難特定出風向。

「啊……」

茫然望著這世紀末演歌世界般的狂浪五秒鐘左右，蓮才回過頭來。

說到此處的陸地，則是幾乎一整片平坦、視野良好而且寸草不生的大地。土壤的顏色是深茶色。

遠方可以看見許多粒狀物體。看起來應該是人工物，但因為實在太過渺小而無法分辨究竟是什麼。

那麼，更遠方有些什麼東西呢，老實說那也因為太遠而看不清楚。而且外形逐漸模糊，最後跟天空的顏色混在一起。

由於ＶＲ遊戲裡虛擬角色的視力很好，所以那似乎是打從一開始就設定為模糊而看不清楚了。

在空氣中能看得多遠的度量衡稱為「能見度」，而現在的能見度大概是２公里左右。

當蓮看著這樣的景色時……

「好了，大開殺戒吧！」

身邊就傳出Pitohui感到很高興般的聲音。

小隊成員被傳送到附近本來就是理所當然的事。蓮一轉過頭去，隨即看見剩下的三個人就在那裡。

Ｍ正透過Ｍ１４·ＥＢＲ的瞄準鏡，小心翼翼地眺望著陸地。

嗯，不愧是Ｍ。

蓮這麼想著。沒有任何放鬆，也沒有些許可乘之機。

另一方面，不可次郎則是全力朝著海面扔石頭。

嗯，果然在玩。

蓮這麼想著。可以說完全放鬆，全身都是弱點。

「好了好了！大家過來坐下。」

Pitohui的聲音就像帶隊遠足的老師一樣。所有人都按照她的指示，縮起身子坐了下來。

ＳＪ3的互相殘殺，這時候已經開始了。

就設定上來說，轉送之際所有的小隊最少都會有１０００公尺，也就是1公里的距離，但如果是大口徑的長距離狙擊槍，這是可以攻擊的距離，所以絕對大意不得。

既然出場的理由是與老大決一勝負，就不能一開賽就狼狽地死亡。

啊～隔了許久才又參加實戰，感覺果然會變遲鈍。

蓮反省自己一開始時曾經茫然望著海洋的行為。

「Ｍ，把地圖叫出來。」

Pitohui這麼說。

ＳＪ裡，最初的十分鐘用來努力掌握現狀已經是定律。雖然也有不瞻前顧後就展開突擊的小隊，但通常都活不久。絕對不能輕視基本功夫。

「了解。」

Ｍ拿出衛星掃描接收器並加以操作，結果立刻有地圖浮現在空中。那是每邊1公尺的四方形空中立體影像。雖然也可以各自看自己的儀器，但在沒有敵人的狀態下，還是像這樣看立體影像比較輕鬆。

這幅地圖顯示的就是這次的戰場。

雖然有「每邊10公里的正方形」這條固定規則，但是除此之外的一切就得來到現場才能知道。

SJ1時是四面全被不自然的絕壁所包圍的地點。

SJ2時是四面全被城牆所包圍的土地。

至於這一屆——

「果然是島啊。」

Pitohui這麼表示。

「這樣啊，是島根啊～不知道有沒有沙丘～（註：日文中「是島啊」與「島根」音同）」

不可次郎雖然耍了個寶，但所有人都溫柔地當成沒聽見。沒錯，有沙丘的是鳥取縣。

地圖上描繪著一邊將近10公里，看起來大略是正方形的島嶼。島的名字則沒有特別標示出來。

在GGO裡頭，光是待在水中HP就會減少，所以幾乎不可能靠游泳在海裡頭移動。如果有小艇等交通工具的話就另當別論，但這樣的地圖應該也不可能出現這種東西吧。

也就是說，設定上是無論如何都沒辦法離開這座島。

蓮與其他三個人依序解析著地圖。他們必須盡快把戰場的地形牢牢記在腦海當中。

只有大會剛開始時，會顯示自身小隊的所在位置。現在地圖上唯一的光點正是如此……

「島嶼的西南邊緣嗎？」

Pitohui邊這麼說邊用手指了一下該處。

光點剛好在島嶼的西南方。由於地圖幾乎都固定上方是北邊，所以光點是在左下方。既然如此接近海洋，就可以確定是在島嶼邊緣了吧。

「和上一屆一樣，故意把強隊分配在四個角落。」

蓮點頭同意M所說的話。

ＳＪ２的時候也是如此。蓮與不可次郎在西北的邊緣，ＳＨＩＮＣ是西南，ＭＭＴＭ是東北，至於Pitohui等人則是在東南，可以說漂亮地分散了開來。

託如此配置的福，蓮花了好大一番功夫才遇見Pitohui……

「這次也一樣嗎……」

本屆大賽，蓮的沮喪感依然存在。

「哎呀，蓮啊，只要把沿路遇見的敵人全都幹掉、殺掉然後kill them all就可以了吧？ＯＫ？」

「不可小妞說的沒錯。比賽時絕對不能在意志上輸給別人。要認為自己是被神挑選出來的不敗戰士。」

不愧是在遊戲世界經歷過許多戰役的兩個人，心理準備就是與眾不同。

「知道了。」

蓮重新打起精神來。

「那麼，要往哪個方向進軍呢？」

Pitohui依序用手指著地形。

戴著手套的手指，從左邊角落移到右上方的某個圖樣上。

該處可以看到許多細長線條往外分岔的模樣。大量線條往左傾45度，由西北方往東南方延伸。而且範圍相當寬廣，以幅度來說有2公里，長度則有數公里左右。

那是什麼？

該處應該就是蓮剛才眺望遠方時看見粒狀人工物的位置，但還是不清楚那到底是什麼。

原本以為是市街區，但線條全都是直線，沒有任何橫向相交的線條實在太奇怪了。不可能有這樣的道路才對。

「這是……什麼？」

雖然稍微思考了一下但還是沒有浮現任何點子，於是蓮便向其他人這麼問道。

「嗯，不知道耶。」

不可次郎立刻這麼回答。擴大地圖的話或許就能知道詳細的情形，但在這麼做之前M就回答：

「是編組站。」

「原來如此！是『編組站』嗎！果然是這樣！那麼——那到底是啥？」

不可次郎即使聽見答案，也不清楚那是什麼。話說回來，蓮也不知道就是了。

蓮對M發出「請告訴我吧，M老師！」般的視線。

M隨即以平淡的口氣做出說明。

「也就是用來『編排、組合的站場』。它的英文是yard。是一種鐵路設施。貨物列車會因為目的地不同而編組載貨的車輛，而該處就是執行這些工作的地點。」

「哦……」「哦……」

蓮與不可次郎的聲音重疊在一起。

「地圖上這些平行並分岔出去的線路，就是鋪設在地面的大量軌道。剛才遠方可見的點狀物，就是位於該處的貨車。除了有幾輛連結在一起的之外，也有散開甚至是脫軌翻覆的貨車。」

「原來如此……」

蓮這時候才回想起，以前曾經在類似該處，也就是有許多貨車的地方狩獵過怪物。

她模糊地回想起當時的情景，同時對M問出SJ裡最為重要的事情。

「那是視野相當好的地方嘍？」

「也要看貨車的數量，不過基本上是相當開闊。算是不想在那裡慢慢移動的地點吧。」

「果然是這樣嗎。但是——」

接在蓮後面開口的是Pitohui。

「嗯，從我們的出發地點來看，是一定得通過這裡才行了。」

她說得沒錯。

以地圖來說，島嶼的左下方幾乎都是編組站。蓮他們接下來無論要往島嶼的哪個方向前進，都一定得跨過幾條鐵軌。

為什麼要讓我們從這種地點出發呢！一開始就讓我們處於逆境嗎！太可恨了吧！

蓮確實有了這樣的想法。

「那麼，它的後面是……」

Pitohui的手指再次動了起來。

編組站的上方，也就是島嶼北側，基本上是一整片棋盤狀的圖案。

「這我知道！是城市！」

正如不可次郎所說的，島嶼北側橫向散布著2公里左右的城市。由於有不少高樓大廈，所以應該是較大的都市。

雖然也能看見公園的綠地以及藍色池塘，不過基本上都是市街區。另外也能看見讓人懷疑是高速公路的寬敞道路。島嶼北側的海岸線幾乎是直線，上面應該有港灣設施，到處可以看到直線型的凸出。

「嗯……」

蓮發出沉吟。

都市區是需要技術與知識的戰場。

除了有大量躲藏地點之外，交戰距離也都比較短。此外也必須警戒從大樓上方的攻擊，算是相當危險的場所。

「是可以充分享受市街戰的地點。那我們就朝順時鐘方向走吧。」

Pitohui的手指繞著島嶼來到了東側。

蓮也立刻知道可以看見一大片茂盛綠色繪圖的該處是什麼樣的地形。

「是森林吧。」

有山脈的地方會繪製等高線，而且是以立體的方式顯示，在沒有這兩者的情況下，可以知道該處幾乎是平坦的森林。

森林大部分是視野不佳的地點，立足點也絕對算不上好，和都市區一樣是相當令人討厭的戰場。

「到下一個地點吧。它的下面，也就是島的東南方——」

該處描繪的是間隔數十公尺下大量生長出來的某種扭曲物體。看起來就像長滿了巨大的竹筍，但當然不可能是那種東西。

「我知道了！是巨大竹筍田！」

不可次郎的預測錯誤了。

「如果是自然物，應該就是岩山之類的東西吧。雖然是在海外，但我曾經看過經過風吹雨打之後，像是塔一樣留在該地的岩山。高度大約是20公尺左右。」

M所說的應該是正確答案。

蓮一邊浮現「原來如此」的想法，一邊開始想像。

氣氛雖然類似成為ＳＪ１最後戰場的荒野，但那裡的岩石小多了，可以一下子就爬到上面。至於這裡的就沒辦法了吧。

環島一圈後，依序是編組站、城市、森林、巨大岩地這幾種地形，剩下的是島嶼中央的部分……

「咦咦？這是什麼？」

把手指移到該處的Pitohui，很少見地發出打從心底感到疑惑的聲音。

地圖中央的該處，描繪著長著草的山丘。

那是平緩向島嶼中心上升的淡綠色山丘。島中央的標高比較高這件事其實很合理，沒什麼好感到不可思議的。

山丘頂端並不是太過高聳才對。可能不到50公尺。這次整體來說也是極為平坦的戰場。

讓Pitohui感到疑問的是山丘的頂端。也就是島嶼的正中央部分。

該處有一個塗成黑色的長方形空間，空間上則寫著「UNKNOWN」幾個大大的字。

「咦咦？這是什麼？」

不可次郎也丟出跟Pitohui同樣的台詞。

「UNKNOWN？是『不明』嘍？」

蓮一這麼問……

「噢，是這種意思啊。」

不可次郎就這麼說。看來她是不知道英文的意思。

寫著不明的區域，是長500公尺，寬70公尺左右且筆直往南北延伸的長方形。不親自到現場，就無法看到那裡到底有什麼。

「一開始就在那裡附近的人，不知道能不能看見？」

M回答了不可次郎這個極為基本的問題。

「應該是用霧之類的東西故意隱藏起來了吧。那裡——暫且稱之為『黑箱』吧。我想小隊的配置應該都距離黑箱2公里左右。」

「原~來如此。但如果實際到現場去還真的只是黑箱子的話，我會很火大喲！一定會用槍榴彈轟它！」

「這就是這次的『特別規則』吧？」

回答蓮疑問的人是Pitohui。

「或許是也或許不是。好像是剩下六到八隊時會正式發表吧？在那之前都是無法打開的寶箱。」

「原來如此。」

蓮也同意這個看法。關於這件事，就算現在煩惱也沒有用。何況還距離它這麼遠。

「所有人都看好了嗎？那麼——」

M闔起地圖，然後為了慎重起見而重新警戒著周圍。

由於Pitohui正在看錶，受到影響的蓮也看了一下。時間是十二點五分。

接下來的五分鐘就在這裡警戒周圍並等待，觀看最初的衛星掃描後，再考慮敵人小隊的位置謹慎地移動，如果判斷移動太過危險的話，就在此地伏擊對手。

蓮認為如果自己是隊長的話就會這麼做。

順帶一提，這次這支小隊的隊長是M。

決定參賽的討論會之後，就到了決定隊長的階段，或許是看透了蓮不是很願意參加吧，最後就在Pitohui的一聲令下做出這樣的決定。

M先生會做出什麼樣的作戰計畫呢？嗯，就算有些魯莽也會遵從就是了。

當蓮這麼想時……

「咦！等等！大家快看後面！」

不可次郎叫了起來。她很難得會這麼發出如此認真的驚叫聲……

「咦？」

蓮照她所說的，在保持蹲姿的情況下回過頭，也就是朝海洋看去……

「嗚咿咿咿咿咿！」

然後發出打從心底感到吃驚的叫聲。

蓮無法相信自己的眼睛。

即使她不停眨眼依然無法改變這個事實。

「咦？啊？啥啊啊？」

她茫然張開口，露出了愚蠢的表情。

蓮她看見了。

海洋——正朝自己迫近。

剛才看見時，也就是遊戲開始時，從自己腳下到波浪邊緣大概還有30公尺的距離才對。

現在卻只剩下不到10公尺。

由於波浪依然洶湧，所以浪花差不多快濺到他們了。雖然海浪聲也變大了，但因為專心在地圖上而完全沒有注意到。

「為……為……為什麼？」

蓮雖然說出了疑惑，不過其實只有一種可能性。

「啊哈哈！」

Pitohui噗哧一聲笑了出來。

「心眼太壞了！啊哈哈！這個戰——或許應該說島嶼，好像會逐漸沉沒喲。」

「嗚咿！」

果然是這樣嗎？也只能想到這個可能性了。

剛才蓮還有點懷疑，為什麼這麼狹窄的島嶼會有編組站呢。因為鐵軌不通往某處的話，設置編組站根本就沒有意義。

但是，她還是以「哎呀，怎麼說也是遊戲內的戰場，有些不自然也無所謂」的理由來強行說服自己。誰知道竟然有相當合理的原因。

這裡原本是寬廣大陸的一部分，但卻因為地殼變動而逐漸沉沒，現在已經是大陸僅存的一塊土地了。

「也就是說，戰場將會越來越狹窄——」

不可次郎接在蓮後面說道：

「存活下來的小隊，必定只能到島的中央——」

然後M又接著說：

「由於這座島幾乎都是平地，最後就只能到黑箱的所在位置去嗎？」

竟然有這種事！

蓮感到傻眼。同時也覺得氣憤。

如此一來，無論怎麼想，打從一開始就在角落的強隊都很不利吧！條件太嚴苛了。

蓮同時對Pitohui所說的話感到有些奇怪之處，於是便面向她說：

「Pito小姐，妳說『壞心眼』指的是誰？」

Pitohui咧嘴笑了起來並回答：

「那還用說嗎！就是贊助這次大會的小說家啊！我想這大概是他提出來的設定。」

「啊～原來如此……」

蓮理解了。

就是也贊助了ＳＪ１的那個小說家嗎？就是還有許多簽名小說被塞在香蓮家櫃子裡當肥料

的那個人嗎？也就是剛才在酒場的影像當中露出奸笑的那個傢伙嗎？

「上次被我搶先一步舉行大賽，應該讓他很火大吧？」

「啊～原來如——咦咦咦咦咦咦？上一屆的贊助人是Pito小姐嗎？」

忘記海洋已經逼近而真心感到驚訝的蓮旁邊，不可次郎她……

「咦咦咦？妳沒發覺嗎？」

果然真心感到十分驚訝。

酒場的轉播畫面——

這次觀眾也邊吃邊喝同時大放厥詞來享受著的設備上，這時候出現了字幕。

尚未播出戰鬥的畫面裡，從空中介紹戰場各地的，宛如旅行節目般的空拍影像上……

「這座島嶼將會自動沉沒。沉沒速度會越來越快，最後中央部分的山頂也會沉入海裡。」

不停地重複著這段文字。

「嗚哇啊啊！設定這種情況的傢伙心眼真壞！」

「太過分了！這樣外側的隊伍不是很不利嗎！」

觀眾們也跟Pitohui有了同樣的感想。

緊接著……

「不過如此一來，強隊也無法輕鬆獲勝嘍！」

「哇哈哈哈哈！」

老大笑了起來。

同時在島嶼四個角落的某一處，眺望著逐漸靠近的海洋。

「有意思！各位小姐，火燒屁股嘍！從一開始就要毫不留情地展開突擊態勢！」

「原來如此，是這麼回事嗎？」

ＭＭＴＭ的隊長露出了狡詐的笑容。

同時在島嶼四個角落的某一處，眺望著逐漸靠近的海洋。

「有意思！伙計們，要上啦！我們要充分利用這種狀況！」

「咦～等一下等一下，這是怎麼回事，怎麼會這樣！」

Ｔ－Ｓ的成員慌了手腳。

同時在島嶼四個角落的某一處，眺望著盈滿自己這群人腳下的海水。

「這下該怎麼辦等一下啊不是吧這實在太過分了！」

「沒辦法，要慢慢移動了。」

M邊說邊站起身子。然後再次以M14・EBR的瞄準鏡環視周圍。

繼續在這裡待五分鐘的話，一定會被強制泡海水浴，所以只能移動了。

「雖然狙擊手很恐怖，但這種風勢的話，要從遠距離就一擊命中的難度相當高。」

M做出確切的指示。

對手的手指一觸碰扳機，就會有彈道預測線（或者只稱預測線）讓自己看見對方子彈的彈道。這是遊戲為了追求趣味的輔助系統，如果是反射神經很好的人，就能以很高的成功率躲開飛過來的子彈。

但是，為了讓伏擊方具備優勢，所以在完全不清楚對手位置時的第一發子彈，將不會出現預測線。這就是所謂的奇襲，只有這顆子彈是任誰都躲不過。

而對於射擊方的輔助，也就是告知射手命中部位的就是著彈預測圓了。

同樣是手指觸碰扳機時，視界當中就會出現綠色圓圈。發射出去的子彈將會命中那個圓裡的某處。

圓圈的大小取決於槍械性能、射手能力、距離等外在的因素，配合脈動——也就是心臟鼓動的時機重複著最大到最小的收縮。

當然基本上是要在最小的時間點射擊，但自身與對方都在移動的情況下，這絕不是件容易的事。

這次圓圈也會因為風的影響而膨脹得比平常還要誇張吧。遠距離狙擊的命中率將會大幅度降低才對。

現在蓮等人就只剩下相信這一點並且開始移動這條路可走。

「由蓮擔任先頭偵查兵。Pito跟在20公尺左右的後方，然後旁邊是不可。由我負責殿後。」

M這麼說道。

先頭偵查兵是走在隊伍最前方來負責搜尋敵人，有時候也得吸引敵人的攻擊。相對地，殿後者則是負責警戒後方。

又是從我開始嗎？

蓮雖然這麼想，但這也是沒辦法的事。因為蓮的腳程最快，而且作為目標也最小。沒有人比她更適合當開路先鋒了。

「了解，我先穿上斗篷，你們等一下。」

蓮這麼說的同時，左手就開始進行操作。她準備從倉庫欄裡的斗篷當中，叫出在這裡迷彩效果最優良，也就是跟不可次郎同樣的多地形迷彩圖樣。

雖然她這麼做……

「不，維持這樣就可以了。」

M卻做出這樣的指示。

「啥？粉紅色很顯眼吧？」

懷疑自己是不是聽錯的蓮這麼反問……

「這也是作戰之一。」

不過聽到對方如此回答後，也只能遵從命令了。

即使內心想著為什麼呢，蓮還是停止叫出斗篷，開始往前走去。

眼前是一整片平坦的大地。遠方可見貨車形成的小點。

雖說目前忽然被人從遠方射擊的機率是相當低，但也不是零——

嗚嗚，好恐怖。子彈不要飛過來。我討厭狙擊手。

蓮深切感覺著恐懼，同時把Ｐ９０擺在腰部，一邊注意不要離同伴太遠一邊持續往前走。

經過了神經緊繃的四分鐘……

「全員止步。蹲低身子。」

M的聲音響起的同時，蓮左手上手錶的鬧鐘也開始震動。

十二點九分三十秒。

距離最初的衛星掃描還有三十秒。

前進數百公尺後，目前是在陸地上。已經逃離迫近的海洋。

移動到這裡的路上，以及目前能看見的範圍內都沒有敵人的蹤跡。編組站的貨車變近且變大，已經可以看清楚輪廓。不過雖然已經靠近，距離最近的貨車也還有300公尺左右。

風依然吹著。有時變強的風聲會鑽進耳朵裡。

蓮為了盡量不引起注意而緊趴在地上，同時橫向擺著P90。

說起來，即使瞄準敵人來射擊，威力與準度的界限最多只有200公尺的這把槍，就算發現遠方的敵人也無法攻擊。

越重越長的槍就能射得越遠，越短越輕巧的槍械射程就越近。這不論是在現實還是GGO裡都一樣，算是槍戰不變的準則。

「能見範圍內沒有敵蹤。只有我看掃描就可以了。其他人做好能立刻移動的準備。」

所有人都對M回答了一聲「了解了」。

ＳＪ３最初的衛星掃描終於要開始了。

屬於過去遺物的人工衛星每十分鐘就會對地表進行掃描。藉由掃描，參賽小隊的隊長所在位置以及隊名將顯示在儀器上。

不出現在上面的方法，就只有抱定受損傷的決心待在水中，或者是停留在洞窟等巨大的天然物當中。

掃描結束的時間每次都不同，有時相當短暫，又有時必須持續一分鐘以上。

可以藉此掌握敵人的位置，不過敵人也會知道自己身處何處。

一開始的第一次掃描，大概三十支隊伍都會殘留在地圖上。說起來，這就有點像是開戰的鐘聲。

「好了，馬上要興起腥風血雨嘍。讓我們來一場血色祭典吧。雖然沒有怨恨，但我要轟飛你們。」

不可次郎做出危險的發言。

「不要把他們殺光光了。留一點給我啊。」

Pitohui也同樣危險。不過是在遊戲當中就是了。

明明需要戰鬥的對象就只有ＳＨＩＮＣ啊。

蓮雖然這麼想，但是保持著沉默。

十二點十分。

掃描開始了。

但是蓮因為無法收看儀器，所以只能相信Ｍ，靜待他的報告與指示。

依然趴著的蓮，經常使用單筒望遠鏡來警戒周圍，當她在焦慮不安的情況下等待了三十秒鐘左右時——

突然有紅色光芒升上遠處的天空。

「嗯？」

不知道是因為在風聲當中，還是原本就很小聲，蓮聽不見任何聲音。

紅色光點迅速升上遠離地表的空中，在風的吹動下緩緩開始降落。

「那是什麼？」

又有一道紅光隨著不可次郎的聲音升空。升空的位置距離最初的一發相當遙遠。

以地點來說，不是在編組站附近就是更遠的地方。由於遠方的視界依然朦朧，所以抓不準距離，但可以清楚看見兩道顯眼的紅光。

「是帶降落傘的信號彈。」

Pitohui雖然告訴眾人那是什麼東西，但為什麼要發射信號彈？又是誰發射的呢？這些情報則完全無法得知。

告訴她們這個答案的則是M。

「那是信號，宣告對我們的包圍網已經展開。」

最初的掃描之後就期待大戰開始的觀眾們……

「哦哦？」

「那是什麼？」

這時候也因為突然飛上空中的信號彈感到驚訝。

在GGO裡，信號彈並不是什麼罕見的東西。因為商店裡就販賣著能發射小型信號彈的筒形發射器，而且價格相當便宜。

那是跟螢光棒差不多大的筒狀物，拉下尾端的線後就會有光芒高高飛上天空，然後藉由降落傘緩緩落下。

顏色除了紅色之外，還有黃、藍、紫、白共五種顏色。還買不起通訊道具的菜鳥中隊會使用它來聯絡，或者作為夜間戰鬥照明彈的代用品。

搞不懂的是，為什麼現在要在那裡發射信號彈。

這不是向周圍宣告這個地方有人的愚蠢行為嗎？

「那是在做什麼？」

「誰知道……」

「完全搞不懂。」

在產生騷動的觀眾之中……

「哎呀～終於能開口了！」

突然有個男人這麼大聲說道。

那是一名身穿綠色迷彩服，頭戴紅色貝雷帽的男人。把信件交給T—S成員的也是他，不過幾乎沒有觀眾知道這件事。

喂，你知道是怎麼回事嗎？

一口氣受到所有觀眾矚目的男人，很驕傲般地開始了演說。

「那是為了屠殺強隊而集合的信號！」

「信號？M先生，到底是怎麼回事？」

M以平常那種冷靜的口氣來回答蓮的問題。

「從掃描可以知道，有三支小隊包圍了編組站。距離這裡大概1到2公里。其中有兩支小隊發射了信號彈。我想代表的意思絕對是『一起打倒ＬＰＦＭ』吧。」

「咦～！」

「ＳＪ2的時候，不是知道聯手對付強隊有多重要了嗎？而且規則也沒有禁止事先和其他小隊取得聯繫吧！」

酒場裡的貝雷帽男繼續著演說。

「所以，上午就聚集了幾支決定加入我們的小隊一起開會，做出了組成聯合陣線來打倒強隊的約定！」

酒場裡的觀眾點頭表示「原來如此」。

「當然，不保證遊戲開始時，他們都會在強隊附近。所以就希望能有某種聯絡方式，但通訊道具又無法跨隊使用。於是乎——」

「所以才會使用信號彈嗎？掃描知道位置之後，就聚集起來進攻的信號。」

Pitohui的話讓M點了點頭。

「沒錯。然後還分了顏色。我們就是紅色。」

「也有沒參加會議的小隊吧。他們不知道如何看待這樣的舉動？」

「最壞的打算是所有小隊都知道這件事了，我們應該在這個前提下行動。這是因為──」

「我告訴他們了！」

酒場裡的貝雷帽男這麼大叫。

「我剛才偷偷地把信件和照明彈發給看起來像參賽小隊的傢伙了！我告訴他們，願意加入這個作戰的話，就記住顏色然後一起來共襄盛舉。紅色是ＬＰＦＭ，藍色是ＭＭＴＭ，黃色是ＳＨＩＮＣ，然後紫色是Ｔ─Ｓ！」

「如此一來，因為剛才的掃描讓我們的位置曝光了──」

不可次郎很高興般露出狡詐的笑容並這麼說著。

「附近參加那個作戰的隊伍就打出紅光，然後總共有兩支小隊──」

現在第三個信號彈發射出去了。顏色當然也是紅色。

「更正！眼前的三支小隊是聯合在一起的敵人！他們會先聚集，然後往這邊過來！謎題全部解開了！」

「看來隨著時間經過，會有更多小隊聚集過來。」

由於M隨口就說出嚇死人的發言，讓蓮忍不住回過頭去。

視界前方可以看見巨大的M以跪射姿勢看著M14・EBR的瞄準鏡。Pitohui也同樣把小型單筒望遠鏡貼在右眼上來環視周圍。

蓮思考著如果自己是隊長的話會怎麼做。

第一個方案是在這裡加以迎擊。

由於這裡是平地且沒有掩蔽物，所以M的盾牌與狙擊，以及不可次郎的槍榴彈發射器或許能有所發揮，但遇見三支小隊同時突擊的話，他們能夠對應這麼多的人數嗎？

不，應該沒辦法。就算M使用盾牌，被繞到側面或後面的話就危險了。至少要在能夠只應付單一方向敵人的地點戰鬥才行。

那麼，那個地方又在哪裡呢？

躲在稍微前方的火車後面，或許能把它作為掩蔽物。但就算是那樣，如果被從前後左右一起進攻的話，還是沒辦法堅守到最後。

如果能像上一屆的Pitohui那樣，把所有敵人引誘到山谷這樣的細長空間是最為理想，但這附近也找不到那麼方便的地點。

「怎……怎麼辦？」

蓮停止思考，請示隊長的決定。

而名為M的小隊長立刻就做出了決定。

「蓮——快跑。」

「什麼？」

＊　＊　＊

十二點十五分。

「嗚呀～！」

蓮一邊發出悲鳴一邊跑著。

「會死會死會死！這樣會死！會死！會死！咿～死定了！」

就這樣噙著眼淚，以壯烈的速度全力奔馳。

這時有聲音透過通訊道具傳到蓮的左耳當中。

「別擔心！妳那麼小隻，不會那麼容易被打中啦。」

是Pitohui全無緊張感的聲音。

「嗯。蓮啊，真有什麼萬一，我會幫妳收屍的。」

接著傳來不可次郎絲毫不緊張的聲音。

「加油。」

最後是M跟平常一樣冷靜的聲音。

「嗚嗚……」

蓮雖然以猛烈的速度在編組站裡奔跑著，但發出低吼的子彈卻以更快的速度穿越她的頭頂。顯示子彈通過路線的紅色彈道預測線，像探照燈一般在四周蠢動。

「真的就這樣死了的話，我會恨死你們！我一定變成鬼回來找你們！」

「在遊戲裡死亡，真的能變成鬼回來報仇嗎？」

「Pito小姐，這很難說喲。」

「太過分了！就算沒死也恨你們一輩子！不是同伴的話，早開槍打你們了！」

蓮嘴裡雖然這麼咒罵著，不過還是為了不喪命、為了不被擊中，同時也為了活下來而持續奔跑著。

好不容易甩開從左後方伸過來的幾條彈道預測線，但下一個瞬間，又有線條從右斜前方延伸過來，下一刻就有一顆子彈沿著線條飛過來，直接橫越眼睛前方。

「嗚呀啊啊！」

即使如此，蓮還是全力奔跑。

因為全力奔跑才是最安全的行為。

「很好。注意力全被吸引過去了。這邊正按照計畫展開行動。妳再努力一下吧。」

小隊裡唯一只有M溫暖地幫蓮加油。

只不過，狀況一點都沒有好轉。

啾嗯。

可以清晰地聽見子彈掠過耳朵正後方的聲音。

蓮只能死命逃跑，同時大叫著：

「果然不應該參加——！」

但一切都太遲了。

這是四分鐘前的事情。

M訂立的作戰可以說簡單明瞭——同時非常殘酷。

用一句話來說，就是「讓蓮作為誘餌衝進去，小隊成員趁機逃走」作戰。

「蓮，總之跑就對了。筆直地衝進編組站，然後在裡面持續逃竄。那些傢伙會把注意力放在蓮身上。而我們就趁這段期間思考對應措施並往妳那邊移動。」

「咦咦？那我會怎麼樣？」

「我會祈求幸運降臨到妳身上。」

等等，先等一下。

蓮雖然很想要讓M坐在自己面前，然後對他說教個一小時，但是……

「好，上吧！」

還是無法違背隊長的命令。

「可惡～！」

即使腦袋裡不想出發，無計可施的蓮還是跑了起來。

這種時候，一板一眼的個性反而害了她。

全力奔馳了一陣子後，蓮的眼睛就能清楚地看見編組站。

該處是寬敞到難以置信的一塊土地。

被砂石與水泥所覆蓋的平坦用地上，鋪設了難以數計的鐵軌，同時放置了大量的貨車。

由於GGO是發源自美利堅合眾國的遊戲，所以設計基本上是走美國風。這座編組站以及貨車，也都是日本見不到的巨大尺寸與外型。

該處可見到的是，側面寫著英文字母的貨櫃車、堆積著黑色桶子的罐車、積載物是圓木的沉重貨車、運載著大型卡車的車輛運輸車、黃色塗裝已經脫落的柴油火車頭等等。

不清楚是沿用檔案，或者這也是自然的情況，到處都可以看見同樣的車輛躺在地上。

一座高約數十公尺，原本應該是編組站管制塔的水泥製塔台，這時已經整個倒塌到地面。最上部應該是管制室的隆起部分，把貨櫃車完全壓爛。

在現實世界裡，人煙絕跡的地點幾乎都會被「植物」這種恐怖的生命體給占據，但這裡沒有這種情形。編組站裡可以說是寸草不生。

GGO世界當中，沒有植物的廢墟並不罕見，但這並不是因為要繪製它們的話，視覺生成就需要龐大的檔案這種現實的理由——而是因為最終戰爭使得地球變成不毛之地的緣故。應該啦。

「M先生，馬上就到編組站了，我該怎麼辦？」

蓮透過通訊道具請示M的指示。

原本以為對方會說找個地方躲的蓮，耳朵聽見的回答是：

「就這樣直接在編組站裡逃竄。只要能甩開敵人隊伍，要怎麼逃都沒關係，但不要離開那個區域。」

「啊～真是的！」

當蓮全力衝進編組站時，左側就有無數的彈道預測線朝她襲來。

「有敵人——！」

之後又過了三分鐘。

蓮現在依然持續奔跑著。

在寬廣的編組站裡東奔西跑。只能用狼奔鼠竄來形容了。

看見預測線朝自己過來後就逃往反方向，結果這次又換成眼前出現敵人。當蓮改變角度逃走，就又換成斜前方出現敵人。

由於距離相當遠，所以只能稍微看見人影，如果能清楚看見身形的話，蓮已經遭到擊殺了。

往上一看，遠方的天空又有新的信號彈升空並被強風吹走。也就是說，又有新的小隊加入這個作戰了。

從剛才就一直聽見從遠方傳來連續擊打小太鼓般的槍聲。不用說也知道誰是他們射擊的目標。沒錯，就是自己。

現在的蓮，簡直就跟被拿著網子的人趕入寬廣地點的貓一樣。

雖然貓咪的腳程快上許多，不會輕易被人類擁有的「槍擊」這張網子抓到，但人類卻不斷出現，阻斷了貓咪的退路。

就算貓咪小蓮也有名為P90的利牙，只不過根本沒有進行反擊的時間。因為速度就是她的防禦力，所以只能毫不鬆懈地持續跑下去。

在GGO裡，虛擬角色不會出現體力上的疲勞。

因此理論上是可以一直全力奔跑，但精神上，以及玩家腦部的疲勞就另當別論了。

發出猛烈命令的神經一旦感到疲憊，就無論如何都會想要停下腳步，但目前是甚至連這一點都辦不到的拷問狀態。

唯一的救贖是隨處散在的車輛。由於堅固的火車頭與堆疊著木材的貨車能夠幫忙抵擋飛過來的子彈，所以躲到其後方時，就可以稍微休息個一兩秒左右。

才剛這麼想……

「好痛！」

蓮就感覺腳上傳來麻痺感，跳了起來。

蓮的靴子旁邊，出現一條割傷般的紅色線條。這是顯示虛擬角色受傷的「著彈特效」。

由於火車頭放在車輪上，所以鐵軌和車體之間有數十公分的間隙。子彈就是從該處飛來。

這應該不是亂槍打鳥之後偶然射中，而是高明狙擊手幹的好事吧。之所以沒聽見槍聲，應該是加裝了消音器的緣故。

不行了只要一停下來就會被擊中！

蓮在著地的同時再次開始奔跑，看向視界左上方的HP條。應該減少了幾%才對。參加SJ以來，這還是第一次一發子彈都沒有射擊就遭受損傷。

當開始奔跑的蓮，認為已經甩開背後延伸過來的預測線時，又從右側無聲延伸過來幾條紅線，同時左側也有紅線配合它們往自己這邊襲來。能夠逃走的地點逐漸變少了……

「啊啊！真的有點不妙了！」

蓮邊跑邊發出示弱的發言。

「好，那回來吧。」

然後就聽見M的聲音。

「真可惜！」

酒場內的觀眾同聲這麼大叫。

明明那麼期待蓮表演的殺戮劇，一旦她陷入危機就立刻幫占上風的一方加油，希望能夠大爆冷門。實在是一群任性的傢伙。不過沒錯，觀眾就是這樣。

腳被擊中的蓮再次展開難以置信的超高速來逃走，轉播攝影機也開始由空中追著她。

空拍機般的廣角空中影像相當美麗，甚至讓觀眾一瞬間忘記仍在猛烈的戰鬥當中。

擊中蓮腳部的，是隸屬於聯合小隊的一名狙擊手。

這時影像捕捉到他的身影。

身穿美國海軍迷彩服的他趴在鐵軌上，架出美國海軍所使用的手動槍機式狙擊槍「雷明登・M40A3」。槍身前端安裝了消音器。同時還把背包當成槍架。

周圍看不見其他玩家。他與隊友分開來獨自行動。

同伴們一發現蓮之後就立刻以突擊步槍與機關槍瘋狂射擊，也就是揮灑出大量彈道預測線——結果卻反而幫助蓮逃走。

己方人數眾多，而目標則又快又嬌小，所以他提議應該等蓮更靠近一點才射擊，但想要盡快立下汗馬功勞的同伴們根本就聽不進去。

在沒辦法的情況下，他只能相信蓮會再次回到眼前的可能性，獨自一個人留在這裡。然後一直等待著機會。

如果蓮從自己背後過來的話，就有來不及對應被擊中屁股的風險，所以算是相當危險的賭注。

最後他贏了這場賭博。

被其他隊伍追趕著的蓮，果然如預料回到他的眼前。

蓮還是一樣速度快到奔馳中根本無法瞄準，但看見她躲在巨大火車頭後面，男人便立刻開槍射擊。

7.62毫米口徑的子彈像在地面爬行一樣飛翔過空中。

但是卻沒能夠貫穿蓮的腳。

距離大約只有200公尺左右，平常的話這是絕對能命中的距離，但子彈卻沒能擊中腳的中央。著彈預測圓之所以比平常還要大，一定是因為受到風的影響。

因為是近距離而且蓮的腳又纖細，如果能擊中腳的正中央，7.62毫米子彈的威力應該能夠將其切斷才對。

如此一來，在復活之前的兩分鐘左右，蓮都會因為欠損懲罰而只能用單腳移動，之後就能夠呼叫同伴過來，輕鬆地把她幹掉了啊。

「可惡啊啊啊！」

身為狙擊手的他，以怨恨的眼神抬起頭來，看著雲朵因為強風而飄動的天空。

蓮的運氣似乎在ＳＪ３也依然健在。

「好，回來吧。」

即使聽見M的聲音……

「回……回……回去哪裡？」

蓮也只能這麼回答。

因為逃竄的路線實在太紊亂了。蓮現在甚至不知道自己身處寬敞編組站的何方。因為是幾乎沒有能夠作為目標物的景色，所以完全不知道伙伴們在什麼地方。

如果可以看見海岸線的話多少有點幫助，但遠方依然是一片朦朧，所以也沒辦法倚靠海岸線。

想到「那究竟是在什麼方位」的蓮，就發現因為陰天而無法確認太陽的位置。記得地圖上的鐵軌是往左斜45度左右，所以沿著鐵軌是西北與東南方，但哪邊是西北哪邊是東南就完全摸不著頭緒。

「這裡是哪裡？M先生，我完全不知道現在身處何方！我到底在幾樓幾號啦！」

「別害怕，先冷靜下來。現在就往正上方射擊來標示我們的所在位置。妳就朝那個方位跑。別錯過空中的標示了。」

聽見M的聲音——

「天空中的標示？」

吧？

蓮感到疑惑。

原本以為M擁有紅色以外的信號彈，但很容易被風吹走的那個東西，應該很難成為目標物

內心雖然帶著疑問，但蓮還是不停變換方向全力奔馳著──

結果斜右方的天空就出現了藍色球體。

天空的高處，突然產生一顆藍色球體，看起來就像從宇宙所見的地球般發著光。

然後球體就消失了。彷彿像是煙火一樣。

一、二……

接著可以聽見的是擊打耳朵的爆炸聲。

這也像是煙火一樣。

數著數字的蓮，算出發亮瞬間到聽見聲音為止剛好是兩秒鐘的時間。

在通常的空氣當中，聲音的速度是每秒330公尺。

如此一來，自己距離目標就有660公尺。由於還有上空的高度，所以距離發射地點應該更近。

這是孩提時代全家人一起去看煙火時，年紀大自己許多的哥哥教給自己的技巧。

沒想到會在經過十多年後，才在虛擬世界回想起當時哥哥在猜中距離煙火發射地還有多遠

時的驕傲表情。

聽見聲音的同時，彈道預測線就消失了。敵人小隊的眾成員一定也是對剛才的球體感到驚訝並提高警覺，所以手指就離開扳機躲了起來。

「看見了嗎？朝那個方位全力跑過來。目前附近沒有敵人。」

「看見了！我知道了！」

蓮就像彈出去的小鋼珠般改變角度，朝著看見藍色球體的方向跑去。距離600公尺以下的話，以蓮的高速應該不到一分鐘就能抵達。

或許單純是偶然吧，目的地幾乎是沿著鐵軌的方向，所以簡單易懂，而這也幫了不少忙。

雖然前進的方向有翻倒的貨櫃車擋住去路……

「嘿呀！」

但躲開實在太麻煩，所以蓮就在前面用力躍起。靠著急奔的速度跳上貨櫃車的側面，在上面跑了幾步之後……

「喝！」

再從該處來個大跳躍。

這裡是遊戲世界。如果空中有金幣的話，蓮的大跳躍應該足以把它們拿下來。

蓮跳過彷彿在空中飛行般的一大段距離之後，雙腳降落在鐵軌與鐵軌之間的砂石上，然後再次開始奔馳。

這時候，她邊跑邊注意到某件事。

剛才的藍色爆炸，正是不可次郎的槍榴彈發射器射擊出去的電漿彈頭。大概是往正上方發射，然後以M的狙擊貫穿彈頭令其爆炸。

心裡雖然對M高超的技術感到佩服，但同時也對光是信號就用掉貴重的一發彈頭感到浪費與抱歉。

只不過，那總比自己死亡要好多了。剛才的情況如果再繼續下去，自己絕對會被包圍，然後難逃遭到擊中的命運。

蓮拚命跑著。

自己的周圍看不見任何一條彈道預測線。看來已經完全逃離敵人的包圍網了。

這時她終於有了看手錶的時間。結果發現時間來到十二點十九分。竟然剩下一分鐘就要開始下一次的掃描了。希望在那之前能夠和其他人會合。

或許是看穿蓮的心思了吧……

「蓮，我從這邊看到妳了。直接筆直地跑過來。」

M令人感動的聲音傳進耳朵。

「在哪邊？」

蓮一邊跑著，一邊死命瞪大眼睛。但還是找不到同伴。能看見的依然是筆直從地面往前延伸的鐵軌，以及散布的貨車。剛才已經跑過這邊附近，算是貨車與火車頭非常少的地點。

一台黑色貨車就停在前進的路線上。

周圍300公尺應該沒有其他東西了。這個寬敞的地點，就只有它孤零零地佇立在鐵軌上。

長20公尺，寬與高各3公尺左右的貨車，看起來就像是巨大的四角形鐵塊。

這時從車廂裡……

「哈囉，小蓮！」

Pitohui突然探出頭來。

「啥？」

蓮原本以為這和其他貨車一樣是帶有屋頂的車箱，看見這一幕後多少有點驚訝……

「裡面很平坦，直接跳進來吧！」

但還是遵從把頭縮回去的Pitohui所做的命令，持續全力奔馳——

「嗐啊！」

在貨車數公尺前使出用上渾身力道的大跳躍。

如果是在奧運的跳遠項目，一定會創下新世界紀錄的蓮，跳到貨車上方直接進到裡面。

正如Pitohui所說的，裡面是平坦的板子。

蓮在空中把用肩帶吊著的愛槍繞到背後。雙腳一觸碰到鐵板，就邊滑行邊保持平衡來緊急剎車。最後蓮在身體快撞上貨車邊緣之前，用力伸出雙手來擋住去勢。

「噗哈啊！」

呼著氣並回過頭去，就看見車內——不知道能不能這麼稱呼，總之就是貨車裡頭三名伙伴精神奕奕的模樣。他們似乎預測到蓮會衝進來，所以全都聚集在她面前這一側。

「辛苦蓮！」

不可次郎把兩句話縮成一句……

「哎呀，真的很努力呢～」

Pitohui則是笑著稱讚她。那麼，至於做出看似超魯莽突擊命令的M本人嘛……

「開始接下來的作戰。」

就是這種死樣子。原本以為他至少會稍微稱讚自己一下的蓮，就一面靠到他身邊一面開口詢問：

「這裡是怎麼回事？」

目前看起來，此地是裡頭同樣被黑色鐵牆包圍起來的平坦四角形空間。裡面可以說是空無一物。

這時由不可次郎做出了回答。

「是裡頭空空如也的貨車內部喲。M先生找到適合的貨車，所以大家就偷偷躲進來了。就因為蓮幫忙吸引住所有小隊的注意力，我們才能成功。」

原來如此。

雖然知道自己是誘餌，不過原來是這麼回事啊。

在極端寬敞的編組站當中，這裡確實是最能夠從前後左右全方位隱藏住身形的地點。只要沒有人爬上來往裡面窺探，就絕對不會發現才對。

但是，蓮馬上又浮現下一個問題。

「那麼，躲到這裡面來要做什麼？要一直躲到對手放棄為止嗎？」

「沒辦法喲。因為距離掃描只剩下幾秒鐘了。」

這次換成Pitohui回答。

「嗯？」

看了一下手錶的蓮發現確實如此。她似乎完全沒注意到掃描開始前三十秒的震動。M則是早就把儀器拿在眼前待機了。

「那馬上就會被發現了嘛！大家都會衝過來吧！——啊，我知道了！」

蓮似乎注意到什麼了。

「這貨車可以動吧！要搭乘這輛貨車從鐵軌上逃走對吧！」

ＧＧＯ裡，當然ＳＪ裡頭也一樣可以搭乘戰場上的交通工具。ＳＪ１裡有氣墊船與卡車，ＳＪ２裡則有裝甲四輪驅動車登場。

只要Ｍ能操縱這台貨車，就能藉由在鐵軌上奔馳來移動。因為以人類的腳程絕對追不上，所以很輕鬆就能突破包圍網。

突破包圍網後，就筆直地朝ＳＨＩＮＣ前進。

總之應該就是這樣的作戰吧。如果是這樣，我也能夠理解。實在太棒了。令人佩服的方案。只能說Bravo、хорошо以及très bien了。

蓮在心中為Ｍ拍手喝采。

然後Ｍ便這麼回答她。

「不可能。只有貨車根本沒有動力，所以無法移動，而且這裡很平坦也無法翻轉。」

「啥？」

蓮停止在心中的拍手喝采。

看著掃描接收器的Ｍ接著又說：「１公里內的敵人小隊又增加了五隊。然後更遠處有四隊正在接近當中。目前可以無視除此之外的小隊，還有ＳＨＩＮＣ依然健在。」

Ｍ隨口說出這樣的報告。

對於沒空看接收器的蓮來說，ＳＨＩＮＣ的情報當然相當貴重，但周圍有九支敵人小隊的話，危機是不是更加惡化了啊？

「這樣不就無法移動，又有許多敵人要過來了……咦？那該怎麼辦？」

蓮才剛茫然這麼問道……

「別擔心！現在就開始準備！」

Pitohui笑著這麼回答，然後對蓮眨了眨似乎可以聽見「啪嘰」聲的眼睛。

SECT.4 第四章　大貨車作戰

「很近！他們還在編組站！」

看著接收器同時這麼大叫的，是身穿紅茶色迷彩服小隊的小隊長。

沒錯，就是上次也為了打倒蓮而在巨蛋裡組成聯合隊伍並加以指揮的男人。愛用的槍械也跟上次一樣，是小型突擊步槍「AC—556F」。他似乎相當喜歡這把槍。

「看來很順利啊！隊長！」

穿著相同迷彩服手拿相同槍械的同伴，帶著滿臉笑容這麼稱讚他。

「是啊！到了第三次也該是這樣了！很好，可以幹掉最強的敵人嘍！」

酒場的觀眾也都聚精會神地看著轉播畫面。

雖然還有其他戰鬥，但最受矚目的果然還是這一戰。

掃描的位置結果也會顯示在酒場的畫面裡，所以他們都很清楚狀況。被認為是最強的LPFM，現在正被七支小隊聯合組成的軍隊包圍住了。

稍早之前，畫面當中的紅茶色迷彩服小隊已經與其他隊伍會合。

當然他們是可以互相射擊的敵人，但擁有共同對手的現在，他們不會這麼做。這時又有兩支小隊加入，如此一來這一團就有二十四個人了。

從掃描得知ＬＰＦＭ位置的他們，隨即橫向擴散開來，小跑步往該處移動。編組站的藏身地點本來就很少，但這時他們也不再隱藏，直接光明正大地前進。

哎呀，又有三支小隊追上來了。合計七支小隊，總共四十二個人。迷彩服與裝備可以說是五花八門的一群人。

在這些人當中，當然看不見ＳＨＩＮＣ或者ＭＭＴＭ、Ｔ─Ｓ的隊員。他們本來就不可能會出現。

如果酒場的觀眾還記得的話應該就能知道，克拉倫斯與夏莉的小隊也沒有參雜在裡面。聯合部隊所有成員都是男性。

不過四十二人確實是前所未見的超大團體。因為就連ＳＪ２時，Pitohui在山裡進行狩獵並且將其全滅的那支聯合部隊也只有三十六個人而已。

「這樣……開始覺得他們有點可憐了……」

「霸凌不好，不要霸凌。」

「難道優勝候補會在這裡消失嗎？」

觀眾們的期待越來越是高昂。

這時候的他們並不知道一件事。

因為沒有出現在轉播畫面上，所以他們都不知道，ＬＰＦＭ目前正躲藏在一輛貨車裡面。

過了十二點二十二分。

「剛才掃描的位置，差不多要進入射程！」

排成一橫列來奔跑的虛擬角色之間，傳來了這樣的聲音。由於沒有跨小隊的通訊道具，所以只能大聲喊叫。

現在四十二個人慢慢迫近的地點，正是兩分鐘前的掃描中，ＬＰＦＭ的所在位置。

剩下大約８００公尺。也就是說，如果是Ｍ的Ｍ１４．ＥＢＲ，這是隨時可能遭到他狙擊的距離。

他們所有人都知道，Ｍ的射擊沒有彈道預測線。

之所以還是不隱藏身形而繼續前進，全是因為他們現在打定主意要採取「一兩個人，不對，應該說數個人被擊中也無所謂」的作戰。

只有一支小隊共六個人的話，在拉近距離前可能就全都遭到狙擊而死。但是，四十二個人的話又怎麼樣呢？

怎麼了，快射擊啊？有膽就快射吧！

雖然沒有出聲，但他們就是以這樣的氣慨來前進。

由於被繞往左方或右方來逃走的話會很困擾，所以集團的最右翼與最左翼都勤於以雙筒望遠鏡搜敵。

經常可以聽見……

「右側無異常！」

或者是……

「沒有逃往左側的模樣！」

這樣的聲音。當然這也是按照事先的計畫來進行。

前進的方向出現貨車的話，首先會先警戒其周圍，然後是上方。屆時某個人會爬到上面去進行確認。

「上方，clear！」

「從該處能見的範圍內，有發現他們嗎？」

「不，沒有看見。」

「好！那下來吧。」

即使戰力有如此大的差距，他們依然毫不鬆懈。

因為他們已經從ＳＪ２的慘痛經驗學到了教訓。

集團當中有一些在那個水潭被Pitohui屠殺的男人。也有一些在那個巨蛋裡被蓮槍殺的男人。

他們只有一個共通的想法——也就是「那個時候因為人數眾多而鬆懈了」。

這次他們沒有絲毫鬆懈與多餘的交談，保持著最大的警戒心來一點一點慢慢地前進。

然後——

他們沒有注意到，ＬＰＦＭ躲藏的貨車，已經剩下不到２００公尺了。

現實世界以及ＧＧＯ裡頭的槍戰——

通常都是唐突地開始。

始於第一發子彈的槍聲，然後演變成毫不容情的連射——這就是最常見的情形。

因此……

「哈囉！大家都還好嗎？」

誰也沒想到這次是從Pitohui開朗的聲音揭開序幕。

Pitohui從位於眼前100公尺處的貨車邊緣稍微探出頭來。

「哈囉！大家都還好嗎？」

當她放聲這麼大叫時，四十二個男人當中，沒有人能夠做出正確的反應。

這時候所謂正確的反應，就是立刻把槍口對著Pitohui的頭然後開火，但沒有人能辦得到，其中……

「啊，妳好。」

甚至出現相當有禮貌的人，反射性也跟她打招呼。

「我很好！再見嘍！」

Pitohui只留下這句話就把頭縮了回去……

「咦？」

「啊？」

接著又引起一陣混亂——

「是那個女的！開槍啊啊啊啊啊啊啊啊啊啊啊！」

終於有某個人回過神來。

然後開始猛烈開火。

將近四十名的男人們，有的人考慮到反擊，或者為了射擊的穩定度而當場趴下，有的人依然站在那裡，各自架起槍械來開始同時射擊。

各式各樣的戰鬥用槍械——突擊步槍、機槍、衝鋒槍、狙擊槍都因為全力開火而噴出火來。

現場傳出猛烈的巨響。混雜在一起的聲音太多，已經聽不出哪把槍發射了多少子彈。從槍身彈出的空彈殼閃爍著金色光芒，掉落到地面後成為多邊形碎片並消失。

子彈命中黑色貨車，當場爆散出大量火花。

數百發子彈命中並且不斷爆出火花的模樣，就像把整箱煙火丟進營火裡面去燒一樣。

同時有敲打金屬的尖銳聲音，像要與槍聲抗衡般傳了出來。

「開始了！」

「竟然躲在那種地方！」

酒場當中，觀眾們也心無旁騖地盯著轉播畫面。這個時候雖然有其他的戰鬥，但最受矚目的無疑是這裡。

數秒後，開始射擊的男人們或許是把最初的彈匣射光了吧，開火聲稍微止歇了。同一時刻，集團當中待在邊緣的男人們開始緩緩往左右兩邊散開。

這是為了不聚在一起時遭受對方攻擊。同時也是為了以扇形包圍貨車。

以扇形包圍敵人可以說是槍戰的基本。因為連正後方都包圍住的話，可能會因為流彈而自相殘殺，所以有一定經驗的GGO玩家絕對不會這麼做。

「那些傢伙，這次很冷靜耶。」

「當然會從上次的全軍覆沒中學到教訓吧。」

在SJ2的山裡以及巨蛋當中，太過靠近而且聚在一處的他們遭到單方面的攻擊，所以這就是反省後的行動。

「不過，為什麼那個女人會在那種地方？」

轉播畫面回答了這由某個人提出的問題。

在男人們展開包圍時，還是有幾把槍械對著貨車開火，於是可以看見火花再次爆散開來。

從冒出如此大量的火花來看……

「原來如此……那不會被貫穿。」

就能知道是貨車側面鐵板相當厚的證據。它簡直就像裝甲車一樣，把子彈全都彈開了。

「所以才會躲在裡面嗎？」

「可惡！不行！被擋下來了！」

開火的本人當然很清楚發射出去的子彈完全沒有貫穿鐵板。也能看見機槍發射出去的曳光彈，直接就被斜向彈開了去。

「所有人，先暫時停止射擊！」

不斷有「停止射擊！」的聲音響起，三三兩兩的槍聲最後完全停止。

原本吵雜到無以復加的空間突然靜了下來，當再次能聽見風聲時，四十二名男人已經在保持100到150公尺的距離下，完成以扇形包圍貨車的行動。

雖然其中也有蹲著或趴著的人，不過幾乎都為了能對方一露臉就開火，以及為了隨時能發動突擊而以立姿擺出瞄準的姿勢。

果然也站著的紅茶色迷彩男……

「所有人，在對方探頭前都別開火！那輛貨車無法貫通！當然，對方也無法射擊！所以，接下來直接緩緩靠近！接近到極限距離之後，所有人就把手榴彈丟進去！然後一起爬到上面，對準裡面把子彈射個精光！」

一邊以雙筒望遠鏡瞪著貨車一邊做出指示。

知道這是最佳對策，同時也能一口氣解決對方的男人們……

「喔！」「了解！」「嗯！」「收到了！」

就以低沉渾厚的聲音這麼回答。

他們的臉上浮現猙獰的笑容。

那是「我們將在這裡幹掉優勝候補！」的自信笑容。

酒場的轉播畫面，映照出架著槍械的男人們慢慢靠近的模樣。

由於貨車是孤零零地佇立在該處，所以周圍２００公尺內沒有能夠逃走的遮蔽物、掩蔽物。

如果待在裡面的Pitohui，以及其他的小隊成員逃出來的話，絕對難逃中彈的命運吧。

說起來呢，想逃走而露出臉的瞬間，早就瞄準好該處的狙擊手們，準確無比的一擊就會直接飛過去了吧。

這時攝影機切換，變成從上空俯瞰的視點。

是從正上方往下拍的影像。

可以看見四名虛擬角色待在長20公尺，寬3公尺的細長空間裡。雖是為了讓周圍能夠看見的廣角影像，不過還是能知道待在裡面的有哪些人。

剛才探出頭的Pitohui、粉紅色的蓮、槍榴彈女孩以及巨大的M。小隊的所有成員都躲在裡面。

然後現在逐漸被包圍起來了。

四十名以上的敵人，從畫面邊緣蠢動著並緩緩靠近。已經是甕中之鱉狀態了。

「看來……他們是自掘墳墓了……？」

「難道是覺得能躲得過嗎？」

聽見觀眾們無奈的聲音，就有其他感到納悶的觀眾開口這麼問道：

「等一下，不是這樣吧。這很奇怪啊！如果他們想一直躲在裡面，那為什麼還要露出頭來呢？」

「是這樣沒錯啦……但會不會是因為緊張與恐懼而犯傻了？聽說現實世界的戰場上經常有這種情形。」

「你說ＳＪ２裡屠殺了那麼多人的瘋狂大姊會感到緊張與恐懼？你也看過在圓木屋的戰鬥吧？那怎麼看都不會是陷入恐慌而做出傻事的人——」

他說到這裡就倏然停止對話……

「圓木屋……」

然後像在詢問自己般這麼呢喃著。

接著在兩秒鐘後。

「啊，我知道了……這是……陷阱。那個女的……故意露出臉來，故意讓位置被敵人知道，也是故意讓那些傢伙射擊……」

當他說出這樣的發言時，當然就受到酒場裡其他人的矚目。

「你知道些什麼！快告訴我！」

「是可以告訴你，但與其由我來說，倒不如觀看馬上要開始的殺戮還比較容易了解喔。」

男人話才剛說完，就從轉播畫面裡傳出了開火的聲音。

接著包圍貨車的男人們就不停地倒下。

「看吧。」

時間稍微回溯一些。

「等一下，Pito小姐為什麼要從那裡露出嗚哇——！」

蓮的聲音被周圍響起的金屬聲給強制掩蓋過去了。

長20公尺的箱子裡——

喀喀喀喀嗯鏘鏘喀喀嗯喀喀嗯喀喀喀喀嗯喀喀喀嗯喀喀喀喀喀鏘鏘鏘鏘喀喀喀喀鏘。

外側被擊中的金屬聲響徹整個內部。

當然，由於GGO是虛擬實境遊戲，所以不會傳出足以震破鼓膜的聲響，不過這依然像是頭戴著水桶又有好幾個人從旁邊敲打般的巨大噪音。

喀喀喀喀嗯鏘鏘喀喀嗯喀喀嗯喀喀喀喀嗯喀喀喀嗯喀喀喀喀喀喀喀鏘鏘鏘鏘喀喀喀喀鏘。

無論說什麼對方似乎都聽不見的煩人金屬聲，讓蓮暫時中斷對於Pitohui的抱怨，只是拚命地縮起身體。

喀喀鏘鏘鏘喀喀喀喀喀喀、鏘鏘喀喀喀、鏘——鏘。

持續數秒的喧囂逐漸止歇，然後倏然停止……

「Pito小姐！為什麼要從那裡露出臉啦！」

蓮再次開始她的抱怨。

「咦？我沒說過嗎？」

「才沒有哩！」

「不論什麼人，只要先開槍，『搶得先機』感就會充斥整個腦內，然後感覺到幸福與快樂喲。」

「啥？幸福與快樂不是一樣嗎！然後呢？」

「所以呢，在那種極度亢奮的氣氛之下，就會把上一次曾經看過的陷阱給忘得一乾二淨。證據就是，他們現在也往這裡逼近了對吧？」

蓮站起身子，瞄了外面的情況。

「…………確實如此。」

這時M的指示傳進耳裡。

「很好，要上了。以蓮的射擊作為訊號。」

蓮把P90的槍口對準迫近的男人們。

接著在看見著彈預測圓收縮到該名男性的上半身時，蓮就短暫地扣下扳機。

傳出簡短的「噠啦啦啦」聲響，應該是來自衝鋒槍類型的輕快射擊聲。

緊接著……

「啊嘎？」

就出現上半身各處以及臉孔都閃爍著鮮紅著彈特效，並往後仰倒的男人。

四十二個人當中的一人，身體緩緩倒到鐵軌上——

嗶咯。

「Dead」，也就是死亡的標籤亮起。

男人已經迫近到距離貨車僅剩下短短的80公尺。

「咦？」

待在他5公尺後方的男人，看見從頭到尾的光景。

為什麼？

但還是搞不懂他為什麼會被擊中。

不可能是把槍從貨車上方伸出來射擊。自己也一直注視著該處，而且我方狙擊手的目光應該比自己更加警戒著上方才對。只要有任何東西稍微露出來，應該馬上就會被擊中了。

一瞬間，還以為應該是伙伴的其他小隊背叛從背後開槍射擊了。但他的著彈特效是來自正面，所以就否決了這個可能性，重新把視線移回黑色貨車上。

咦？為什麼呢？

他發現從黑色箱子中延伸出來的幾條紅色彈道預測線已經捕捉到自己。

「啊啊！敵人──」

結果他的頭部與喉嚨被沿著預測線飛來的數發子彈貫穿，沒能告訴伙伴任何消息就變成屍體了。

在酒場裡觀看轉播的觀眾，一開始也沒能理解發生什麼事，只能茫然看著包圍貨車的男人們不停地倒下。

那是相當不可思議的影像。

到剛才為止都還帶著十足幹勁往前迫近的男人們，忽然就不斷被貫穿，如鴻毛般喪失了生命。

周圍的同伴都被擊倒，轉身想從這裡逃離的男人，從後頭部閃爍著的著彈特效，可以知道是一擊斃命。

試著想反擊而以M16A2突擊步槍瘋狂掃射的男人，只能在黑色貨車上濺起火花，把彈匣裡30發子彈射光的瞬間，身體就有三個地方被射穿。

認為至少不要讓對方輕易擊中而趴著的男人，把身體置於鐵軌之間，並把愛槍MP5衝鋒槍放在頭部前方來防禦。這時子彈朝他的槍襲來，雖然擋住了3發，但第4發時槍就被從手上轟走，然後第5發在他頭上開了個洞。

黑色貨車周圍的「Dead」標籤一個又一個增加。

簡直就像從貨車湧出的邪惡氣息，不斷咒殺著靠近的人一樣。

「看吧。」

「等一下，就算看了也不知道啦！到底發生什麼事了！」

剛才沒有直接得到答案的觀眾這麼大叫著，但他的叫聲就像是信號一樣，讓轉播切換成另外一個畫面。

那是貨車當中的影像。雖然還是從上方的攝影，但比剛才更靠近，所以可以清楚地看見內部。

畫面中央可以看見蓮。她正待在貨車內部的左側邊緣。

蓮一面壓低身子，一面迅速交換著P90的彈匣。

她讓空彈匣掉落到腳下，從腰包中取出新彈匣來安裝到槍上。拉了一下裝填卡榫，把第1發子彈送進彈倉裡。

然後緩緩站起來，把槍口伸進貨車的側壁。

蓮在右手持槍的狀態下靠近貨車側壁，然後在幾秒鐘後開槍射擊。

「啊！我知道了！」

「我也是！原來是這樣！」

「原來如此！是這種方法啊啊啊！」

酒場的觀眾終於理解了。

其實只要發現，或者說只要回想起來，就能知道是相當簡單的裝置。而且Pitohui在SJ2時不就已經用過一次這種機關了嗎？

也就是說——

「從開的孔後面射擊吧！」

上屆在圓木屋裡的戰鬥，ＭＭＴＭ的六個人排成一列，朝著只剩下Pitohui與M的房間前進。

然後從子彈應該無法貫穿的粗大圓木牆壁遭到槍擊，手拿ＳＣＡＲ—Ｌ的男人立即死亡。

之後就知道是如何完成那個機關。那是因為Pitohui使用了能夠切斷任何物體的光劍。

「幾乎跟那個時候一樣嘛！用光劍開孔之後，從對方無法攻擊到的地點發動攻擊！」

「正是如此。」

酒場的轉播畫面當中，Pitohui正在開槍射擊。

她的愛槍ＫＴＲ—０９，只有槍口前端稍微伸出了貨車側壁。Pitohui本人則把臉貼在內壁上，從該處一個和眼睛差不多尺寸的小洞看著外面。

現實世界的話，以這種方式射擊根本無法期盼能百發百中，但這裡是名為ＧＧＯ的虛擬世界。著彈預測圓將會出現在射手的「視界當中」，所以要用什麼形式拿槍都沒關係。

現在ＫＴＲ—０９的子彈飛過去的地點，看在Pitohui的眼睛裡應該會是綠色的圓圈吧。然後只要移動槍械，把圓圈和某個人重疊起來——

噠、噠、噠。

ＫＴＲ—０９以半自動模式連續發射３發子彈。

旁邊的螢幕裡頭，趴著的男人額頭以及背部就被這3發子彈擊中了。Pitohui完全不會浪費任何一顆子彈。

就用同一張嘴發出了喝采。

「大姊真有一套，幹掉他們吧！」

到剛才都在幫男人們加油的觀眾群……

「漂亮！」

戰鬥現場的男人們開始感到恐慌。

「不妙了！先暫時撤退——！」

不知道誰這麼大叫，下一刻就喪失了性命。

由於頭部與身體連續出現小小的著彈特效，所以應該是蓮手中P90的犧牲者吧。

與突擊步槍相比，P90的子彈算是威力較小，但全身中了10發以上的子彈，HP當然會全部被奪走。

殘活的男人們……

「可惡！」

「嗚咿！」

「咕啊！」

不管三七二十一地逃走了。

雖然害怕把背部對著敵人，但繼續待在這裡也只是會變成槍靶然後喪失生命。

那輛黑色貨車，看起來就像噴灑出瘴氣的魔王城堡一樣。必須盡快遠離它才行。

至少希望能夠射擊除了自己之外的其他人……

每個人都這麼祈禱並持續奔跑著——

「哇呀！」

倒楣的人就會被擊中背部而倒下。

「那幾個臭傢伙！」

當中也有堅持不撤退的勇者。

身穿深茶色戰鬥服的他，一知道現在彈道預測線沒有來到自己身上，就一口氣做出了賭注。只見他朝著貨車展開突擊。

他不停踩著靈巧的側步，相信自己的腳力全速奔跑。在奔跑途中，很乾脆地捨棄了手上以色列製的突擊步槍——「加利爾ＡＲＭ」。

空下來的右手從腰包裡抓出手榴彈後，就以左手拔開安全栓，對著逼近到剩下20公尺左右的貨車用力揮動手臂——

「咕啊！」

下一個瞬間，就被沒有預測線便衝過來的7.62毫米彈貫穿額頭。

他根本不知道。開在貨車高處的M用孔洞，已經為了讓他使用瞄準鏡而開得比較大了。因此M也能繼續發揮他沒有預測線就能進行的狙擊。

即使被擊中，在HP完全歸零的幾秒鐘內，他還是灌注力道到手臂上想把手榴彈投擲出去，但接著衝過來的子彈，隨即無情地貫穿了他的手臂。

「可惡！」

原本打算丟出去的手榴彈跌落到他往前倒下的地點，最後產生了爆炸。

爆炸的旋風讓貨車稍微搖晃了一下，碎片則發出清脆的聲響。

「逐漸撤退了。能殺多少是多少。」

M的指示……

「不用你說也知道啦！」

讓Pitohui以非常快樂的聲音做出回答。

「看我的吧！」

她只用右眼窺看孔洞，然後移動拿著KTR—09的手臂不停地進行連射。撤退的敵人一個又一個遭到屠殺。

待在貨車另一邊的蓮……

「嗚~雖然覺得有點可憐。還是只能跟你們說聲抱歉了。」

同樣對露出背部逃亡的男人們送出幾發子彈。

這是事先將P90的選擇器調到全自動的位置，然後以食指的動作來控制連射的「點發射擊」技術。

現在某個可憐的人就被蓮的射擊擊中背部與頭部，直接從SJ3退場了。

正如酒場觀眾的預測，之所以能靠三個人就對應以扇形包圍貨車，而且多達四十名以上的敵人，完全是靠著Pitohui使用光劍所切開的孔洞。

蓮到達貨車內部後，Pitohui就在敵人追上來之前，以光劍靈巧地切割出這些孔洞。貨車側壁的數個地方，在人剛好站起來的位置上，都可以看到這種大小適中的孔洞。

順帶一提，一開始被對方瘋狂射擊時，所有人都緊趴在地板上，同時以M分割的盾牌保護住背部與頭部。

雖然可能性相當低，但子彈還是有機會從孔洞飛進來並在貨車內彈跳。只不過，實際上也沒有這極為偶然的一發子彈出現。

M從以前就實際對在戰場上發現的各種物體射擊來確認其防禦力。理由當然是因為想知道敵人可不可以透過該物體來射擊，以及緊急時刻自己可不可以藏身於該物體之後。

鐵路車輛當然也已確認過了。

根據他的測試，加裝柴油引擎的火車頭當然是沒問題。貨櫃車則是除了框架的鋼骨外都會直接被子彈穿透。罐車的話，如果罐子內裝有物體則防禦力就相當高，空無一物的話就會被穿透。

另外，搬運重物用的無屋頂貨車則相當堅固。

所以M這次才會尋找這輛貨車來躲藏。當然尋找期間不能被數量占優勢的敵人發現並且包圍，所以就需要誘餌。於是就派了顯眼且腳程極快的蓮來擔任這個角色。

付出自己的勞力與幾%的HP就能度過難關的話，已經很划算了吧……

心裡這麼想的蓮，同時讓已經不知道是第幾名的對手從SJ3裡退場。而且還小心翼翼地不浪費太多子彈。

她的後面……

「大家加油～」

不可次郎就悠閒地坐著，一邊看著淡灰色天空一邊幫其他人加油。

「瞬間就三十個人被幹掉了……」

酒場的觀眾這麼呢喃。口氣裡參雜了感動、畏懼、傻眼與讚賞等相當複雜的感情。

本屆大賽當中，轉播影像已經可以顯示數字。

畫面右下方的角落，計算著現在進行中的戰鬥有幾個人死亡。而數字正顯示著三十。

由於在ＳＪ２出現大量虛擬角色死亡的戰鬥狀況，這應該是為了容易了解戰況而做的貼心服務吧。營運公司懂得變通的態度給人相當的好感。

畫面轉為空拍之後，就能清楚地看見散布在黑色貨車周圍的大量屍體，以及在上方發光的「Ｄｅａｄ」標籤。

可以說是名符其實的屍橫遍野。當然貨車裡沒有任何死者。完全是單方面的殺戮。

時間是十二點二十六分。殺戮三十人所花的時間，竟然只需要短短兩分多鐘。

「依然是凶猛無比的隊伍……」

「嗯，優勝候補就是得這樣才行！不過，戰鬥還沒結束喔。」

「還沒結束呢！」

火車頭的後面，紅茶色迷彩服男這麼大叫。

該處是距離黑色貨車２００公尺的地點。正確來說是一輛塗成黃色，同時上面滿是鐵鏽的柴油火車頭後方。

這輛車已經完全脫軌，車輪陷入石頭地面，所以不必擔心腳被對方擊中。由於這裡是最為靠近的掩蔽物，所以從剛才那場恐怖殺戮劇中逃出來的男人們，全都聚集到這個地方來了。

數量總共有十二人。

他們幾乎都隸屬於不同小隊——也就是說，沒有任何一支六個人全都生還的小隊了。當中也有只剩下一名成員的小隊。

殘活下來的所有人都是毫髮無傷，但這也就證明了——「被擊中的伙伴全都死亡」這個恐怖的事實。

「什麼『還沒結束』……我們已經是潰不成軍了吧……我的小隊只剩下我而已耶。」

「實在太大意了……探出頭的行為，是為了讓我們得意忘形來包圍他們的陷阱。從孔洞射擊，這是上一屆也用過的手法吧……竟然沒注意到。」

「不行了，贏不了他們。」

幾個人已經陷入自暴自棄的狀態。接下來應該怎麼辦才好呢，可以說已經看不到一絲希望了。

但是，依然存在沒有放棄的戰士。

其中一個穿著綠色連身服加上防彈衣的男人，從口袋裡拿出信號彈來發射。顏色當然是紅色。

招集同伴的信號飛上淡灰色天空，接著慢慢降落。發射信號彈的男人丟掉空彈殼後……

「在所有人死亡前都不算輸！別氣餒啊！對方已經無法增加伙伴，但我們可不一樣！」

沒錯。根據剛才的掃描，這邊附近最少也還有兩支小隊。雖然是樂觀的預測，但事先得知信號彈存在並理解這個作戰的話，這幾分鐘裡有更多小隊聚集過來也不是什麼奇怪的事。

緊接著，或許是Gun Gale的神明聽見他的願望了吧——

「喂喂！現在過去你們那邊，千萬別開火啊！」

從遠方傳來某個人的叫聲。

「別開槍！我要過去了！」

最後聲音越來越大，然後其他小隊的身影終於出現在車輛的後方。

「太好了！」

十二個男人的喜悅真是筆墨難以形容。希望的種子，也就是增援來到現場了。

「在這裡！ＬＰＦＭ的陣地就是對面那輛黑色貨車！他們會從孔洞射擊！別進入射線之內！」

紅茶色迷彩男大叫著來傳達訊息。

「知道了！別擔心！我們能到那邊去！」

接著從貨車後面衝出來的玩家就迅速跑了過來。他們全是男性，總共有十二個人。也就是兩支小隊。

這樣合計就有二十四人。戰力一口氣加倍了。

因為伙伴們被殺害而意氣消沉的男人們，這時可以說是欣喜若狂。原本應該是敵人，但是他們卻高興到向來到現場的男人尋求握手。

前來增援的是穿著牛仔褲、非迷彩圖案夾克的民兵造型，以及整齊地穿著相同沙漠迷彩，可以說造型完全相反的兩支小隊。但一開始先擊潰強敵的想法倒是相當一致。

「他們所有人都在那輛貨車裡面！然後盡情從打開的孔洞後面射擊！我們手上的武器沒有辦法貫穿貨車，所以無法靠近！」

成為殘存成員隊長的紅茶色迷彩男迅速說明完狀況……

「知道了。如果能更快一點追上你們就好了……」

民兵造型的隊長這麼說來慰問同志。

「不過，戰鬥尚未結束。就給他們一點顏色瞧瞧吧！」

沙漠迷彩小隊的隊長一這麼說完，就動起左手來操作視窗。

一把新武器在他眼前實體化並落入他手中。
看見那把武器的男人們，就像聚集在玩具店前面的小孩子一般眼睛閃閃發亮。

酒場裡的觀眾……
「有辦法了！」
也因為該把武器的登場而熱血沸騰。
增援的沙漠迷彩男所實體化的是槍榴彈發射器。
大家應該都知道，那是為了把槍榴彈射擊到遠方的槍械。雖然威力強大，但昂貴又稀有，所以擁有它的玩家絕不算多。
男人的槍榴彈發射器是「HK69A1」。它是黑克勒・科赫公司製的折開式單發發射器。圓形槍身與四角形槍體形成的對比算是外表上的特徵。將鐵管製槍托伸展開來後的全長大約為70公分左右。
由於是單發式，所以不像不可次郎的MGL—140那樣可以連射，但使用的同樣是40毫米低壓槍榴彈。
有它的話……

「只要把榴彈射進貨車裡，一發就能幹掉他們啦！」

沒錯。

正如觀眾所說，榴彈爆炸後就會噴撒出碎片，如果是在四周被包圍的空間，造成的殺傷力將更為增加。

只要能從頭上給現在依然躲在貨車當中的四個人一發榴彈，就有可能完成名符其實的一擊逆轉。

「太好了！幹掉他們！」

「期待你們的表現！」

「擊垮優勝候補吧！」

酒場的觀眾們這時又更換加油的對象了。

「從火車頭前端射擊幾發榴彈。順利在裡面炸裂的話，就一起展開突擊吧。」

男人這麼說的同時，手上也操縱著ＨＫ６９Ａ１。

解開保險後，粗大槍身就像往前鞠躬一樣打開了。將一發榴彈丟進眼前打開的大筒子當中，接著再次關閉槍身，再來只要拉起擊槌就完成射擊準備了。

「加油啊！」「上吧！」「靠你們了！」

在背後的加油聲之下，男人來到火車頭的邊緣，然後在那裡趴下，以匍匐前進的方式完成最後1公尺左右的距離。

接著悄悄從低位往前窺探，立刻就看見了黑色貨車。

雖然有狙擊的子彈飛過來的可能性與恐懼心，不過看來是沒問題。對方不是不知道這個地點，就是角度上無法瞄準這裡。

「很好，沒問題了。」

聽見聲音後，他的伙伴就從後方拿出附有距離測量器——很巧的是和蓮所使用的同款單筒望遠鏡來觀看……

「199公尺。因為是到外板的距離，所以瞄準剛好200公尺處。」

同時向他報告距離。

由於槍榴彈是以拋物線的彈道發射，所以要剛好從正上方射入貨車的話，距離測量就相當重要了。

貨車唯一只有上方沒有封閉。由於車體幾乎是橫向，所以必須在誤差3公尺內的準確度把槍榴彈射進去才行。當然也可以命中側面來給鐵板造成傷害，但跟那比起來——

「希望能一擊決勝負……」

男人這麼呢喃完，就先把槍托確實靠在肩膀上，然後手指放到扳機上頭。

他的視界裡出現榴彈發射器特有的著彈預測圓。那是看起來傾斜45度的綠色圓形。目前正在貨車前方20公尺左右的位置上。

雖然HK69A1附有往上斜起的金屬製瞄準鏡，但著彈預測圓更加準確，所以不會使用它。

男人緩緩抬起HK69A1粗大的槍口，將綠色圓形一點一點移動到遠方。他為了不左右搖晃而慎重地移動槍口，當預測圓與貨車完全重疊的瞬間——

啵。

40毫米槍榴彈就隨著意想不到的可愛發射聲被射擊了出去。

「沒問題了！」

對自身技術有信心的男人這麼大叫。他確信這樣應該能射入貨車當中。

躍上空中的黑點——40毫米槍榴彈畫出拋物線，在通過頂點之後開始往下落去。

只見它被吸進貨車——

最後還是沒能成功。

黑色破裂的煙，在貨車前方10公尺，高20公尺左右的空中擴散開來。

遲了一會兒，爆炸聲就傳進男人耳裡。

也就是說，發射的槍榴彈在命中前就在空中爆炸了……

「為——為什麼啊啊啊？」

「竟把它擊落了……」

雖然酒場的觀眾回答了男人的問題，但是他當然無法聽見。

觀眾們仔細看見了事情一連串的經過。首先是經過準確瞄準才發射出去的槍榴彈，畫出拋物線飛行的模樣。

接著是貨車當中，把原本掛在左腰上的M870．Breacher短縮散彈槍對準天空並露出笑容的Pitohui。

Pitohui只發射一發子彈。

然後就從槍口飛出超過100發以上的細小顆粒。

正如同散彈槍的名稱，射擊之後會跑出擴散開來的散彈。那是為了射擊鳥類或者小動物，裝有超過100顆以上仁丹狀小鉛粒的散彈。

從短短槍身發射出去的鉛粒像網子一樣擴散開來往前飛去，而槍榴彈就一頭衝進它們布下的網。

粒彈連續擊中槍榴彈前端，發動了位於該處的壓力感應式引信，最後在空中造成爆炸。

「怎麼可能！」

虛擬角色是中年男性的觀眾這麼大叫，他認為就算是散彈槍，像豆粒般的子彈也不可能這麼順利地發動榴彈的引信。

但是立刻……

「現實世界當然不可能這樣嘍。」

從旁邊的桌子傳來冷酷的聲音。虛擬角色看起來是年輕男性，但說話口氣卻相當沉穩。

「你忘了嗎？這裡可是遊戲世界。從前第一人稱射擊遊戲時代，經常會出現『以槍擊落砲彈、飛彈、槍榴彈』的情形出現吧。有些傢伙是故意這麼做，也有些是偶然出現的情形。甚至也有兩顆槍榴彈在空中撞個正著的案例。」

「真是如此嗎……」

外表是中年男子的玩家心裡想著「這傢伙現實世界的年紀絕對比我大」，所以就以尊敬的口氣回答外表看起來很年輕的男人。

「當然是真的。真要說的話，ＧＧＯ裡要擊落槍榴彈的話，其實很容易瞄準喔。理由應該不用說也知道吧？」

「彈道預測線……」

「沒錯。直接瞄準粗大的拋物狀彈道預測線，然後朝著消失的地點射擊就可以了。散彈槍的話應該很輕鬆就能擊中吧。」

「原來如此……那個女的就是知道這一點，才會拿著Breacher行動嗎……」

「應該是吧。再來就是要看準時機了。只有這一點是要靠個人的膽量。太快或太慢都不行。我想她一定練習過許多次。而且是在一旦失敗自己的虛擬角色就會被轟成碎片的覺悟之下。」

「哦～順利把它轟掉了。就算是臨陣磨槍，還是能派上用場嘛。我太厲害了！真想誇誇自己！」

貨車當中，Pitohui以左手來回移動M870．Breacher的前握柄，同時像在敘述別人的事情般這麼說著。

空彈殼從槍械右側飛出，下一發散彈被裝填至槍裡。她也沒忘了立刻從胸前的背心補充新的散彈到槍裡面。

「Pito小姐，真是神準！」

後方的不可次郎一邊舉起MGL－140一邊這麼回答。左子目前以肩帶掛在肩上，雙手是緊握著右太擺出射擊姿勢。瞄準的方向是天空。

不用說也知道，就算射擊，著彈地點也會是在貨車後面。預測圓之類的東西當然完全看不見。

但就算是這樣，不可次郎還是對瞄準方向進行微調……

「去吧！」

然後在ＳＪ３裡首次對著敵人開火。

那是毫不留情，宛如怒濤般的6連射。

「怎麼樣？」

火車頭旁邊，男人頭望著空中這麼問道。

他往上看的前方，有一名爬上火車頭側壁，同時從屋頂上露出最低限度的臉龐來偷窺貨車的狙擊手。也就是剛才使用Ｍ４０Ａ３狙擊蓮的那個男人。

手拿槍械等待著的二十多名男人，一旦聽見「命中了！」的報告，就會一起果敢地進行突擊……

「不行！在前方的空中爆炸了！那是怎麼回事？是遭到擊落了嗎？」

但傳回來的卻是這樣的發言。

「可惡！」

「哎呀，下一發擊中就可以了。榴彈的話，只要知道對方的位置就很輕鬆了。」

「是啊。還有很多機會。」

火車頭旁的男人們悠閒的對話……

「嗯？這也就是說——」

讓某個腦筋靈活的人注意到某件事。

那個瞬間，從天空降下無聲的紅線。紅線一直降到躲在火車頭後面的眾男人面前。而且一次六條。

啵啵啵啵啵啵。

然後可以聽見可愛的爆裂聲。

「對方的槍榴彈要來了！」

對方可以使用槍榴彈發射器來瞄準的話，我方當然也可以用。

這是極為理所當然的事情。

不可次郎之所以在戰鬥中一直眺望著天空——

不是因為很閒或者在行光合作用，當然也不是在尋找蜻蜓或蝴蝶。

那是因為預測到敵人可能擁有槍榴彈發射器，所以會從上方發動攻擊。M命令她只要一看見彈道預測線，就要立刻通知Pitohui。

完全不清楚位置的敵人，射擊時將不會出現預測線，不過不可次郎從小隊成員那裡聽來情報之後，就掌握了大概的位置。

Pitohui是託彈道預測線的福才能擊落槍榴彈，同時不可次郎也是藉由它，才得知對手的正確距離與位置。

再來就只要毫不留情地反擊就可以了。

不可次郎對著看不見的敵人連續發射6發槍榴彈。

既然都擁有可以連射的槍榴彈發射器了，有什麼理由不連射呢？不，當然沒有。

以拋物線飛過空中的槍榴彈，朝著火車頭降下……

「快逃──」

咚磅。

第1發槍榴彈擊中火車頭正上方後產生爆炸。碎片與爆炸的旋風無情地襲擊待在該處的狙擊手上半身，讓他整個人的身高只剩下一半。也算是幫蓮的腳報了一箭之仇。

咚磅。

第2發稍微飛遠一些，在火車頭後面準備突擊的五名男人中央爆炸。只用一發，就把他們全部送上西天。

咚磅。

第3發命中因為第1發的爆炸而急忙想逃走的男人背部，並在該處爆炸。虛擬角色被炸成細微的多邊形碎片，接著醒目的榴彈碎片就降落到附近的同伴身上。

咚磅。

第4發在重新裝填HK69A1子彈的男人旁邊炸裂。把他和測量距離的同伴轟飛，讓他們從SJ3裡頭退場。

咚磅。

第5發幸運地在火車頭的屋頂上爆炸。因此也沒造成任何人傷亡。

咚磅。

最後的1發……

「可惡啊！」

在咒罵著的紅茶色迷彩男，也就是到剛才為止都負責指揮的男人正後方降下並爆炸。被爆炸旋風整個吹跑的他，頭部就猛烈地撞進火車頭當中。

「啊～……」

酒場裡的觀眾發出嘆息聲。

6發榴彈接連爆炸，使得現場噴灑出大量的紅色著彈特效。

從一開始的爆炸到最後的爆炸，實際上只花了短短三秒的時間。

短期間之內，火車頭後方就變成了地獄。雖說是ＣＧ構成的虛擬角色，但人類被炸得失去外形的樣子依然是相當凶惡的光景。

火車頭周圍籠罩在灰色煙幕之下，讓人看不見任何物體。

畫面側邊一度恢復成零的數字一口氣往上升……

「全滅了嗎……？」

接著顯示的數字是——十。

二十四個人當中，半數以下的十個人，因為這次的攻擊而立刻死亡。

「哦？比想像中還要少嘛。」

「是啊。我還以為會死二十個人呢。」

「但是，我想應該會有不少負傷者喔。」

多虧有風吹，火車頭旁邊的煙霧開始散去。接著位於空中的攝影機映照出來的是，宛如鳥獸散般從該處落荒而逃的男人們。

繼續待在這裡的話，榴彈可能會再次飛過來。必須拉開距離才行。暫時先撤退吧。

男人們背對著火車頭全力奔跑。

離開１００公尺左右，周圍就散布著其他貨車與火車頭。男人們好不容易才到達這些車輛的後方，找到能夠抵擋子彈的地點然後躲了起來。貨車上沒有傳來追擊的槍聲。

男人們的身體上到處閃爍著紅色著彈特效，顯示他們並非全部平安無事。逃走並躲藏起來之後，可以看見許多人立刻在脖子上施打急救治療套件的模樣。

時間已經過了十二點二十九分。

雖然差不多快到第三次的掃瞄……

「現在逃過來的傢伙，或許不需要看了。」

「的確是這樣，不想辦法解決躲在貨車內的四個人，他們根本無法動彈。」

「那四個人已經可以在那裡待到ＳＪ３結束為止了吧？可以把所有攻過來的傢伙打回去吧？那已經是最強的要塞了。」

「你錯了，他們沒辦法這麼做。」

「為什麼？」

「還問為什麼……你已經忘記了嗎？」

「哎呀，這個陣地真是舒適。真希望能一直待在這裡。不過，應該沒辦法這麼做吧。」

貨車當中，Pitohui悠閒地這麼說著。

蓮藉由左手的操作，讓放在倉庫欄的彈匣實體化。

雖說已經相當節省，但在這裡的戰鬥花費了3個彈匣（150發），目前剩下19個（950發）彈匣。

蓮把彈匣塞進空腰包內，同時開口表示：

「沒錯喲，Pito小姐。妳不會到SJ3結束都想留在這裡過生活吧？」

對於蓮來說，參加SJ3的理由是與SHINC的決戰。

在這種地方霸凌弱者——這樣的說法或許對敵人小隊有點失禮，不過他們也無法一直悠閒地處身於有利的狀況當中。

「咦，有什麼關係嘛，就在這裡生活吧！住下來就是首都喲！」

結束MGL—140再裝填工作的不可次郎雖然這麼說著，但取出衛星掃描接收器的M則是……

「辦不到。」

簡短回了一句話。

「為什麼？」

「為～什～麼？」

「小蓮和不可小妞，妳們是不是忘了什麼？」

「嗯？」「啥？」

兩個人很有默契地歪起脖子，Pitohui則像是感到很無奈般聳了聳肩。

「這裡馬上就要變成海洋嘍。」

SECT.5

第五章　克拉倫斯與夏莉

十二點三十分。

ＳＪ３開始後很快地已經過了三十分鐘，第三次掃描開始了。

「嗚哇！完全忘記海的事情了！」

不可次郎……

「我也是……」

蓮……

「不過，這輛貨車不會浮起來嗎？到處都開了孔，可能沒辦法了吧？」

Pitohui……

「不可繼續警戒槍榴彈。其他三個人可以看接收器。」

以及M等四個人，就在貨車裡迎接了掃描的時間。

蓮是在快到十二點二十分時衝進這裡，所以這十分鐘裡他們都待在這輛貨車裡頭戰鬥。

這段期間完全沒有受傷固然令人高興，但差不多想要移動到別處了。至於目標當然是ＳＨＩＮＣ了。

第三次，同時也是蓮首次觀看的掃瞄，是從地圖右側，也就是東側開始。

接收器畫面的地圖上，分別以明亮的白點與暗沉的灰點來表示殘存小隊與全滅小隊。只要觸碰光點就會出現小隊名稱。

蓮無視死亡小隊的存在。雖然沒有根據，但她相信ＳＨＩＮＣ不可能在短短三十分鐘內就全滅。

而她的預測果然正確。右側似乎是岩山地形的區域，顯示ＳＨＩＮＣ名字的點正散發出神聖的光芒。而它的周圍還散布著許多灰點。

不愧是她們！

蓮在心中如此稱讚那群女生。

ＳＨＩＮＣ的女孩們，把像對付自己這幾個人一樣組成聯合部隊的敵方小隊全部擊敗了。

順帶一提，觸碰了一下地圖右上方，也就是森林區域接近東側海岸邊緣的點後，就顯示出ＭＭＴＭ的名字。

他們周圍也散布著大量的灰點。看來他們也同樣毫不容情地殲滅了聯合部隊。這支具備穩定實力的小隊也同樣令人佩服。

悠閒地稱讚著對手的蓮，因為只是看著地圖而沒有注意到。

「啊哈哈！」

由於Pitohui突然很高興般笑了起來，於是便浮現「發生什麼事」的想法。

這個人雖然是沒有特別理由就會大笑的人，但目前怎麼說都是在掃描中，所以便認為是不是有什麼重要的意思，不對，應該說期待是有什麼重要的意思。

「Pito小姐，怎麼了嗎？」

蓮一這麼詢問……

「馬上就會知道嘍。等掃描來到這裡的時候。」

就得到這種吊胃口的回答。

咦？到底是什麼呢？

腦袋裡這麼想著的蓮，同時等待著掃描朝更西邊，也就是自己這幾個人的方向過來。不過掃描也只有短短幾秒鐘就來到現場，地圖當中的編組站，其幾乎是中央的部分映照出點來。

一碰之下，白點果然是自己這幾個人。

蓮這時終於認識到自己所在的地點。同時注意到非常恐怖的事情。

「咦？」

ＳＪ３剛開始不久看見地圖時，編組站幾乎占據島嶼所有東南部，可以說以寬敞的面積為傲。橫向擴散出去的大量鐵軌，距離海岸還有相當遠的距離。

但是現在面積已經減少了許多。又粗又寬廣的鐵路群，已經有一部分連結著海岸線。

也就是說，島嶼已經變小了這麼多。

蓮他們從起始地點開始走了一陣子的陸路，不過現在那邊已經完全沉在海底了。

一往地圖的北側看去，就發現城市已經有一半以上沒入海裡。代表死亡的灰點，也已經完全浸入海中。

不可思議的是，還有代表生存的白點待在海上，這無疑是被遺留在大樓之類的屋頂上了吧。

「海洋……」

「是啊，大概推進了1・5到2公里左右吧。」

「海過來了！」

蓮急忙擴大自己的所在地。

然後就知道了，目前藏身的貨車到南側的海岸線為止，大概就只有數百公尺。而且現在這個瞬間也依然不停往這裡逼近。

「糟糕糟糕！沒有游泳圈啊！」

從小就和兄弟姊妹一起上游泳教室的香蓮雖然會游泳，但是卻沒有以蓮的身分游過泳，何況手拿槍械且穿著裝備根本就不可能游泳。

「好了好了，小蓮先冷靜下來。」

THE 3rd SQUAD JAM FIELD MAP

第3屆特攻強襲 戰場地圖

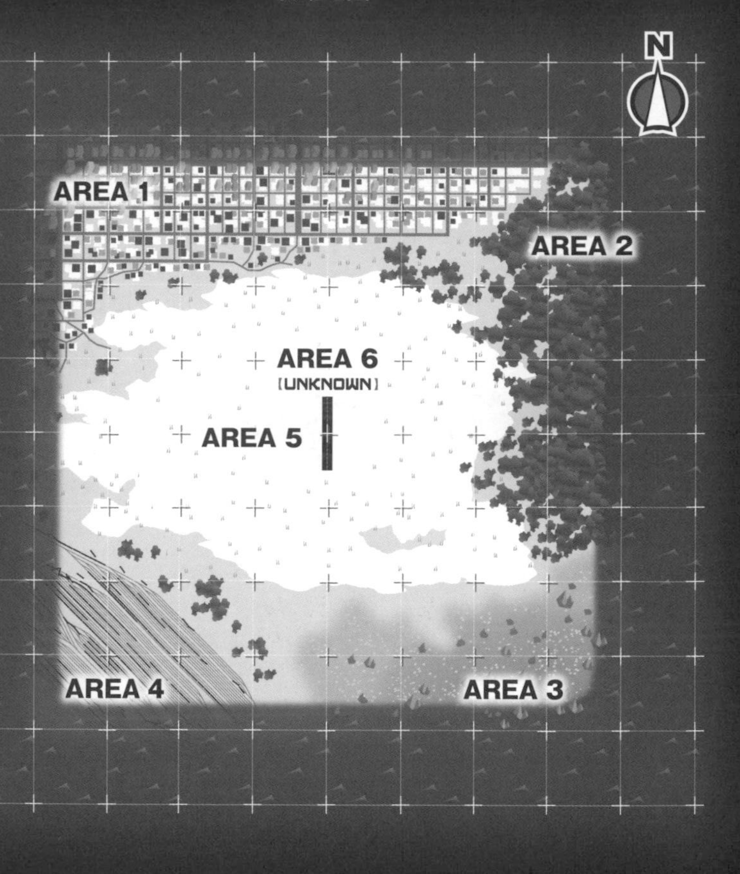

AREA1：都市區
AREA2：森　林
AREA3：荒　野
AREA4：編組站
AREA5：山　丘
AREA6：不　明

Pitohui很高興般看著慌了手腳的蓮並這麼說，接著M……

「這裡地勢都很平坦，海水應該會先淺淺地往外擴散出去才對。只到腳踝左右的話，應該不會造成太大的傷害。不過前面若是有窪地之類的就會比較棘手了。」

則是以冷靜的口氣這麼表示。

看著天空的不可次郎，這時以感觸良多的口吻……

「原來如此，那就不能繼續待在這裡了。明明是間日照充足的好房子……看來只能搬到高地去……」

望著看不見的太陽這麼說道。

敵人不知道是也在注視著掃描，還是因為海洋逼近而慌了手腳，又或者是已經沒有人配備槍榴彈發射器了，總之不知道是什麼理由，不過目前沒有任何攻擊。

掃描逐漸進入尾聲。

蓮最後以擴大的地圖來搜尋周圍的敵人。

由於實在太過靠近，光點幾乎都黏在一起，不過還是能知道方位。剛才因為不可次郎的槍榴彈攻擊而受傷的敵人隊伍，目前正待在東北方。

稍微退後一點的位置上，還有一、二、三、四——總共有六支小隊存活著。

雖然可以預測毫髮無傷的小隊並不多，但也不能就此鬆懈。因為無法準確地得知敵人的數量是六個人還是三十六個人。

當看見有一支新的小隊，朝著該集團聚集的北側移動時，掃描就結束了。這時的時間是十二點三十一分。

「好了，M。作戰就拜託你了。」

Pitohui對隊長下達命令。

她本身完全不會訂定作戰計畫。

蓮不清楚Pitohui是尊重隊長還是在測試他，或者兩者都是，還是單純因為懶得思考。

把接收器收進手臂上口袋的M，輕鬆地揹起地上裝有盾牌的背包同時回答：

「所有人，準備移動。」

「OK。要朝哪邊走？」

Pitohui也用肩帶把愛槍KTR—09揹在身體上。因為要離開這裡一定得用到雙手。

「往東北方。要橫越目前敵人所在的區域附近。」

「什麼？」

蓮以為是自己聽錯了。或者是自己的耳朵沒壞，壞的其實是M。

但是M還是平常的M。

「往東方或北方逃的話，被海洋擋住去路一切就完蛋了。跟那兩個方向比起來，我寧願選擇生存率較高的方向。阻撓的敵人就用實力加以排除。」

「唔～」

確實是這樣沒錯，M說的道理蓮也懂，但實在不太想，或許應該說完全不想這麼做。所以蓮忍不住發出沉吟聲。

「嗯，這是最好的辦法。那就這麼做吧。」

不可次郎立刻贊同M的作戰，雙手拿起MGL—140後結束準備工作。

「知道了……」

蓮也藉由放棄掙扎這個方法來下定決心。因為也沒其他方法了。然後……

「那快一點吧！」

像要表示好事不宜遲般對著伙伴這麼搭話……

「不——」

M卻又說出令人難以置信的發言。

「再等一下。具體來說，要等到這個地方被波浪覆蓋為止。」

知道海洋不斷逼近之後，躲在火車頭與貨車後面的十四個人也同樣感到焦急。

尤其是從戰場內部來到這裡的玩家，因為不知道這座島會沉入海中，所以可以說是大吃了一驚。

「什麼！真令人不敢相信！現在立刻撤退吧！」

「是啊……幸好只要從他們手底下逃走就是島嶼的中央部了。」

「我可不想被水淹死啊。」

除了有立刻想逃之夭夭的玩家之外，也有伙伴被殺而燃燒著復仇之火的玩家。

「但是！這時候逃走的話，聚集起來攻擊強隊的作戰就失去意義了。怎麼說都要以打倒LPM——啊啊真是拗口！總之就是要以打倒Pitohui小隊為最優先。就在這裡拖住他們，讓他們被水淹死吧。」

「把那些傢伙當成共同的敵人是無所謂。但同歸於盡就沒意義了吧？只是會讓存活下來的其他小隊漁翁得利。」

「等一下。就算要戰鬥，我們也還在恢復途中喔。」

正如這個人所說的，也有因為不可次郎的砲擊而負傷，HP所剩不多的人存在。當然已經施打了急救治療套件而正在回復當中，但還需要兩分鐘左右才能完全恢復。重傷者當然需要更多時間。

「現在沒辦法立刻全力戰鬥。如果對方為了逃離進逼的海洋而衝過來的話怎麼辦？」

「那時只要迎擊就可以了！伏擊的一方較占優勢吧！」
「但對方有靈活的粉紅小不點、槍榴彈發射器、高超的狙擊手以及——」
「開打前就先怯戰那還有什麼好說的！現在連數量也是我們占上風！」
「你是笨蛋嗎？靠人數能獲勝的話，剛才早就贏了……稍微思考一下吧。」
「那你這傢伙有什麼作戰嗎！」
「不就在說要思考作戰嗎！你沒腦袋啊？」
「喂，你說什麼！」
現場的氣氛漸漸變得險惡，男人們的發言也越來越是尖銳，結果這時有人從遠方對這群男人搭話。
「那個！我可以加入你們嗎！我是看到紅色信號彈才來這裡！」
「哦？——聽見了沒有？」
「嗯！」
「太好了！又有援軍啦！」
「是剛才的掃描時，待在附近的傢伙吧！」
十四個人暫時停止難看的爭執，誠實地表達出興奮之意。伙伴萬歲。
「在這邊！小心不要被從西南方射擊，沿著貨車後面靠過來！」

「了解！千萬別開槍啊！」

男人們深信這下子又可增加六名同伴，於是心情稍微好了一些。他們等待了三十秒左右。

從貨車後面傳來跑過砂地的腳步聲，最後增援從一輛車底下鑽過來，抵達眾人身邊。

「大家好！我們也要參加！」

以開朗口氣出現在眾人面前的，是不論把他丟進哪個偶像團體都不成問題的帥哥。

穿著一身黑的戰鬥服，上半身還加了裝備背心。腹部前方橫向排列著又長又大的彈匣包。

武器是混合了Ｍ１６與Ｐ９０的罕見槍械ＡＲ—５７。右腰的槍套插了一把「ＦＮ・Five-seveN」手槍。這兩者使用的子彈一樣。左腰上的腰包內裝有4顆手榴彈。

此外……

「大家好……」

還有一名擁有褐色肌膚，身穿迷彩服，手上拿著「ＦＡＭＡＳ」突擊步槍的男人。

ＦＡＭＡＳ是法國製槍械，橫向表記寫作「ＦＡ—ＭＡＳ」。是彈匣位於握柄後方的犢牛式槍械。

因此全長較短，連射控制也比較容易，在ＧＧＯ裡算是相當有人氣的一把槍。口徑與Ｍ１６同樣是5.56毫米。由於外表類似，所以它也有小號這個渾名。

兩個人來到十四個人身邊並縮起身子。

帥哥露出滿臉笑容來自我介紹。

「我叫克拉倫斯。這位是我的同伴山姆。雖然也參加過ＳＪ２，不過這應該是首次和大家見面。請多多指教。」

「來得好！——你們只有兩個人嗎？」

當然會出現這樣的問題。而克拉倫斯則這麼回答。

「抱歉，我們確實只有兩個人！不過，我們會努力工作！」

「是被誰幹掉了？位於遠方的強隊嗎？還是和其他小隊起了衝突？」

「沒有啦。正式比賽時本來就只有兩個人。因為其他人都沒時間。」

「這樣啊……」

「請不要那麼沮喪嘛！我們真的會努力完成任務！請告訴我目前的狀況吧！」

當克拉倫斯帶著滿臉笑容來應對時……

「…………」

山姆一直保持著沉默。

酒場裡的轉播畫面，也映照出克拉倫斯他們和躲於貨車後面的十四個人會合，應該正接受著狀況說明的模樣。

「哦！那是上一屆在巨蛋裡被小蓮痛扁一頓，最後把彈匣給她的傢伙嘛。」

「噢，是那個帥哥嗎？他的彈匣真的幫了小蓮很大的忙。」

除了有記得克拉倫斯的觀眾之外……

「現在才到達的話，應該是從很遠的地方趕過來的吧。是希望這次能跟小蓮好好打一場嗎？」

「看來是想復仇！真令人熱血沸騰！」

也有不少幫他加油的人。眾人完全不知道克拉倫斯其實是「女性」。

「原來如此……戰場的設定確實相當嚴苛。我也不想溺死。」

聽完狀況說明的克拉倫斯首先這麼表示。

「只不過，我們還是占優勢吧。依然有很大的機會獲勝喲！」

接著又以爽朗的笑容加了這麼一句。男人們當然就對她提出了問題。

「該怎麼做？」

「這個地點，貨車與貨車之間相當平坦而且遮蔽物很少對吧？這樣射擊的機會應該很多喔。而且對方只有四個人而已。」

「這我們也知道，但那四個絕非常人耶。」

「是沒錯，但讓我說句比較難聽的話，就是各位根本沒有活用數量的優勢。剛才是在火車頭旁邊吧？所有人聚集在同一個地點要做什麼呢？如果是我的話，就會把部隊細分成兩人一組的小隊，然後在幾乎快看不見貨車的地點布下天羅地網。接著就再也不動。敵人小隊為了逃離逼近的海洋，一定會從貨車裡面出來，然後就看準那個時候開火。情勢看來不妙時就乖乖撤退，然後其他小隊趁隙從側面發動襲擊。」

克拉倫斯以充滿自信的態度敘述自己的論點，聽著的十四名男人……

「嗯，如果是這樣的話……」

「或許能成功吧。」

內心也朝著贊成她論調的方向發展。由於到剛才為止都還在說什麼未戰先怯，完全沒有具體的作戰計畫，現在又看見勝利的可能性，對他們來說簡直就像是希望之光照耀下來一樣。

「很好，現在放棄還太早了！」

「就用這個作戰吧！」

「嗯！而且等待期間ＨＰ也能夠復原！」

不斷出現贊同的發言後，現場的空氣就一口氣熱絡了起來。群眾心理就像是水一樣，能夠載舟亦能覆舟。

「克拉倫斯！你的作戰我們就接收了！」

「請吧請吧！我也很高興！請讓我盡一份力吧！」

就這樣，十六個男人——

更正，是十五個男人與一個女人，就為了打倒強敵而再次團結在一起。

至少目前看起來是這樣。

這個時候……

「…………」

唯一只有一名玩家，以雙筒望遠鏡的圓形視界看著這一切。

十二點三十五分。

轉播畫面一直停留在沒有戰鬥也聽不見槍聲的編組站……

「嗯……究竟會如何呢……？」

觀眾們毫不在意其他正在進行的戰鬥，只是吞著大口口水注視不變的螢幕。

另一個畫面則映照出蓮等人ＬＰＦＭ待在貨車裡的影像。

四個人自從掃描之後就一直在裡面待機。而海洋已經往這輛貨車逼近。

到剛才為止，如果不是從上空相當高的地方拍攝，就無法同時讓海洋與貨車入鏡。但現在已經相當靠近。剩下來的距離大概就只有100公尺左右吧。

海水宛如洪水侵蝕一般慢慢地靠近。沒有海浪雖然讓人覺得不對勁，不過這是因為浸水而變成了淺灘的海岸，所以海浪在很前面就先破碎了的緣故。

當然LPFM的四個人也知道海洋逐漸迫近的事實。因為到目前為止，M已經數次起身，從貨車側壁的孔洞確認過海洋的模樣了。

另一個畫面則播放著伏擊的一方。

與克拉倫斯等人會合後變成十六人的聯合部隊，各自分成兩~三人的小隊並移動到黑色貨車的東北側。到剛才為止，螢幕都轉播著他們悄悄行動的模樣。

現在他們各自躲藏在數輛貨車後面，靜靜地等待LPFM出現。由於到處都散布著貨車，所以他們在間隔30公尺到50公尺的距離下完成了扇形包圍網。在戰國時代，這樣的陣形看起來像鶴張開翅膀一般，所以又被稱為「鶴翼之陣」。

他們與LPFM躲藏的貨車之間大概有450公尺左右的距離。當中隔了幾輛貨車，直接空出超乎不可次郎槍榴彈發射器最大射程之外的距離。

兩邊陣營就這樣陷入膠著當中。

對於LPFM來說，似乎陷入海水不斷從南方與東方逼近，而西北方唯一的脫逃路線上又潛伏著許多敵人的不利狀況當中……

「雖然很嚴苛……但那些傢伙確實很強……應該可以強行突破這種程度的包圍網吧？判斷出伏擊的位置時，狙擊與槍榴彈就會來到該處了吧？」

某個人認為以玩家實力來看的話還是這四個人占上風，所以就做出這樣的預測。

「但是，我認為這個作戰應該會比剛才還有效果才對。因為數量還是有很大的差距。而且戰場是平坦又開闊。正面突破時遭到左右夾擊的話，腳程較慢的M應該會率先被幹掉吧？一個人被幹掉的話，戰力就會大幅下降，之後勝機就會消失了。」

某個人卻認為還是人數與槍械數量較多的一方占優勢。

不論是支持哪一邊，酒場裡的觀眾都有同樣的想法。

就是這場比試怎麼還不開始呢。

想快點看到優勝候補的四人ＶＳ以數量決勝負的小隊進行戰鬥。

所以他們才沒有一絲鬆懈，專心等待著戰火勃發。

然後到了十二點三十六分。

終於有些動靜了。

四個人從海水已經來到近處的黑色貨車側面出來了。粉紅色小不點、金髮小不點、一身黑的女人以及迷彩服巨漢來到外面。

「出來了！」

趴在火車頭屋頂上以單筒望遠鏡監視的一個人，立刻朝天空發射紅色信號彈來通知周圍的同伴。

紅色光芒飛上淺灰色天空的下一刻——

尖銳的槍聲就響起，編組站裡最後的戰鬥開始了。

「啥啊啊啊啊啊？」

「怎麼了啊啊啊？」

「什麼————？」

酒場裡的觀眾全站起來並放聲大叫。

人類在遇見極為震驚的事情時，通常會有兩種反應。不是大叫就是保持沉默。

「…………」

也有停下手中喝到一半的杯子，陷入沉默完全僵在那裡的觀眾。

不論是哪一種反應，他們對於眼前畫面中發生的事都同樣感到難以置信。

轉播畫面當中，包圍ＬＰＦＭ的男人們不斷被擊中。

而且是從背後。

克拉倫斯架在右肩的ＡＲ—５７，發出順暢且輕快的槍聲。

「哇哈哈哈！真有趣！」

和蓮的Ｐ９０一樣，是由快速發射所造成的，類似超高速連續敲打小太鼓般的槍聲。

空彈殼迅速從如果是Ｍ１６就是著裝彈匣的洞穴往下拋出，撞擊鐵軌與枕木後彈跳起來並且消失。

克拉倫斯不停地射擊眼前的敵人。

他們就在短短10公尺前方……

「喂，笨蛋，你這傢伙，快住——」

一個男人揮著手想說些什麼。

但克拉倫斯毫不留情，對男人的臉把所有子彈射光，讓他變成屍體之後，才終於停下了射擊。

貨車車輪旁邊滾落著兩具屍體。

「首先解決一組了！雖然有兩個人，不過算是一組！」

克拉倫斯保持站姿，開始交換起剛好發射了40發子彈的彈匣。雖然裡面還剩10發子彈，但她很乾脆地把彈匣換掉。

她的身後，壓低腰部且手中FAMAS槍身微微冒煙的山姆……

「很抱歉……」

露出了很悲傷的表情。

酒場裡的觀眾目擊了一切。

以紅色信號彈被發射出去為訊號——

克拉倫斯以及山姆就離開自己位於扇形最右翼的崗位。

接著全力接近趴在鄰近貨車旁邊的男人們，沒有任何警告也沒有手下留情，就從後面對著他們開槍。

擊殺兩個人之後，克拉倫斯與山姆就各自交換起彈匣。

換完彈匣的克拉倫斯，隨即以輕巧的腳步蹦蹦跳跳地逼近隔壁的貨車。而山姆也跟在她後面。

待在那裡的兩個人，也從信號彈得知LPFM已經現身，正互相看著對方的臉來加油打氣，準備當他們一出現時就開火攻擊。

「啊，他們什麼都不知道……」

正如某個觀眾所說的，男人們沒有注意到已經有純真的殺意從旁邊的貨車後面靠近了。

克拉倫斯與山姆從貨車旁邊衝出來，接著AR—57與FAMAS同時噴火，朝兩人周圍送出子彈暴風。

在20公尺的近距離之下，又是兩把槍械同時以全自動模式射擊，再加上是突然從斜後方發動攻擊，當然不可能有虛擬角色能夠活命。

毫無反抗之力的男人們，就在臉龐與身體布滿鮮豔著彈特效的情況下依序成為屍體，然後從SJ3裡退場，他們甚至連是被誰擊中的都不知道吧。

「為什麼！為什麼那兩個傢伙要射擊同伴！」

在酒場裡噴著口水這麼大叫的，是一名戴著貝雷帽的男人。

沒錯，就是悄悄聯絡許多小隊，對他們提出共同打倒強敵作戰的那個男人。

當然他也把信件與信號彈交給克拉倫斯與山姆的小隊了。所以克拉倫斯才能與眾人會合，但為什麼到了這個時候才突然對同伴開火呢？

「不，根本沒有什麼同伴吧？」

某個冷靜的人，對著氣得臉紅脖子粗的貝雷帽男這麼表示。

「啥？」

「這可是大混戰。要聯手或者背叛都是個人的自由。明明是連小隊成員都能擊殺的遊戲，有什麼道理不能射擊原本是敵人的小隊呢？」

「……………」

完全無法反駁的貝雷帽男，臉龐產生了扭曲。

酒場裡的某個人又補上成為致命一擊的一句話。

「這下不是變得很有趣了嗎！」

「真令人熱血沸騰啊！山姆！」

「我可不管了喔！」

興高彩烈的克拉倫斯與眼眶含淚的山姆又繼續朝下一個目標奔馳。

當他們從貨車後面衝出來時，就看見短短20公尺之外，有兩名改變身體方向來看著這邊的男人。

到了這個時候，他們似乎也對從後方傳來的槍聲有所警戒了。M4A1與AK47這兩把美俄代表性槍械的槍口，以及四隻帶著險惡目光的眼睛都對著他們。

「嗚咿！」

山姆發出悲鳴的同時……

「側面出現敵人！竟然有伏兵！」

克拉倫斯也開口這麼大叫。

「有四個人被幹掉了！對方馬上要追上來了！快點援護我們！」

克拉倫斯以什麼事都沒發生過般的表情繼續說著謊……

「…………」

聽見她謊言的山姆則什麼都沒說。

「什麼——可惡！」

「啥啊？是從哪來的啊！」

兩名男人因為無法判定狀況，所以就相信了克拉倫斯的謊言。

M4A1與AK47的槍口就從克拉倫斯與山姆身上移開，朝向兩個人衝出來的貨車……

「從這裡來的啦！」

確認停留在自己身上的彈道預測線移開之後，克拉倫斯的AR—57就從至近距離噴出火來。

「咕哇！」

手拿AK47的男人，身體上雖然全是子彈，但是到最後都不放棄掙扎。他把身體移向左邊來當後方同伴的盾牌。接著就全身中彈而亡了。

使用M4A1的男人，雖然託同伴的福沒有被擊中臉部與身體，但是右臂卻被射穿——

「嘎！」

手臂傳上來的麻痺般痛楚，讓他手上的武器掉落。

想以左手拾起掉落在鐵軌而發出金屬撞擊聲的M4A1時……

「嘿咻！」

就看見克拉倫斯踩住自己武器的腳。

男人抬起臉來，看著克拉倫斯俊俏的臉龐以及上面的笑容。

「為什麼要背叛……？」

磅。

克拉倫斯一發子彈就貫穿了男人的頭顱……

「哎呀，就覺得很有意思啊！」

然後以滿臉笑容這麼回答男人。

屠殺了十四個人裡面的六個人之後，克拉倫斯與山姆也就不再進行突擊了。

「事到如今，對方應該已經發覺了吧？因為那些傢伙也不是笨蛋。」

克拉倫斯躲在貨車西側後方，再次交換著彈匣。

「接下來要怎麼辦？有辦法解決這種情況嗎？」

山姆從後面傳過來的軟弱發言……

「嗯。誰知道呢～」

克拉倫斯頭也不回就很高興般這麼回答。緊接著……

「我早就想來一次驚天的背叛了。」

「這樣妳應該滿足了吧？我們從這裡逃走吧！繼續拖拖拉拉的話，LPFM就要來了！」

「嗯，確實是打不過那些傢伙，這可能是最好的點子……但這麼做有點無趣啊～」

「哇啊！我沒辦法陪你胡搞下去了！夠了！我要逃走了！」

「哎呀，別這麼說嘛，再陪我一下吧。一個人會很累的啊。」

「誰理你──」

磅磅。

山姆的發言在中途就停止，取而代之的是低沉的爆炸聲。

「嗯？」

克拉倫斯一回過頭，就看見眼前的山姆胸口閃過著彈特效。

「啊……？」

因為沒有看見，所以山姆根本不知道自己身上發生了什麼事。

但克拉倫斯看見了。山姆的整片胸部都閃爍著鮮紅的著彈特效。

一般來說，子彈的傷害區域都比較小，再怎麼大也不會超過一顆拳頭才對，但是——

現在山姆胸口所受到的傷害，寬廣的程度簡直就像是被圓木給擊中一樣。

山姆的身體緩緩往後倒下……

「糟糕！」

克拉倫斯在浮現「Dead」標籤的山姆旁邊趴了下來。

咻。

子彈發出低吼，通過一瞬之前克拉倫斯胸部所在的位置，擊中數公尺旁邊的砂石地。

磅！

該處的石頭隨著爆炸被彈飛了出去。那是由北往南的狙擊。

「哇呀，好恐怖！」

克拉倫斯發出樂在其中般的悲鳴。

「咦？發生什麼事了……？咦？」

酒場裡的觀眾看得很清楚。

看見背叛的兩個人其中之一中彈，胸前變成一片鮮紅。也看見活下來的黑色戰鬥服帥哥急忙趴下的模樣。

雖然看見了，卻不了解究竟發生了什麼事……

「咦？狙擊？」

「從什麼地方？」

「是M嗎？」

「不，是從完全相反的方向飛過來的吧？」

酒場裡的觀眾與現場的克拉倫斯同樣，不對，甚至比她更加慌張。

緊接著，管理轉播影像的某個人，隨即很貼心地告訴眾人答案。

畫面切換，映照出剛才發射兩發了彈的狙擊手又大又清晰的英姿。

那是一名身上罩著將灰色漸層組合起來的迷彩斗篷，站在傾倒管制塔側面最高處的玩家。

架著的是細長且有不少隆起的槍體上塗了綠色與茶色迷彩，同時安裝了巨大瞄準鏡的手動槍機式狙擊槍。

斗篷兜帽底下的兩顆眼睛正在閃閃發光。

同時還能看見圍住眼睛四周的鮮豔綠髮。

「就……就是——上次讓Pitohui中了一槍的那個女人！」

夏莉用右手操作著槍機。她以猛烈的速度將槍機後拉來排出空彈殼，然後迅速推入來裝填下一發子彈。

站著擺出射擊姿勢的她，為了呼出肺部的空氣而露出雪白牙齒並靜靜呢喃著：

「野獸……應該排除……」

其極為投入遊戲的模樣，就這樣出現在畫面上。

「夏莉那個傢伙，現在不知道怎麼樣了……」

成為一整片廢墟的城市當中，穿著樹木迷彩夾克的年輕人這麼呢喃……

「誰知道呢。只知道她應該還沒死。而且那傢伙已經不是我們能處理的了。」

穿著相同夾克，髮線已經退到很後面的男人，在森林裡自暴自棄地這麼回答。

編組站傾倒的管制塔上，夏莉的R93戰術2型狙擊步槍槍口迅速橫向移動。接著又倏然停了下來。

雖然是最不穩定的立射，也就是保持站姿，槍械沒有倚靠在任何地方的射擊，但是其前端卻沒有任何晃動。只有稍微上下動了一下。

夏莉的右手戴著只有食指部分被切掉的手套，這時從手套裡伸出的雪白手指正扣動扳機。

槍口左右兩側為了抑制後座力而打開的孔噴出火光。

發射出去的子彈，帶著摩擦大氣所產生的熱量，瞬間橫跨300公尺的距離——

被蹲在那裡的男人背部吸了進去。

「咕嘎！」

站在火車頭旁邊的男人，在發出悲鳴之前就倒了下去。

在該處待機的總共有三個人。

雖然一直聽著在自己右側的「伙伴們」發出大量的射擊聲，只是沒想到是自己人在互相攻擊，還以為他們正與LPFM進行盛大的戰鬥。

正當他們煩惱起是要到那邊去援護，還是考慮到LPFM可能會逃到眼前而繼續在此待機的時候。

忽然就從背後飛來一發子彈，讓正在煩惱的一個人立刻死亡。

男人的胸口與背部明明都加裝了防彈板，而子彈也確實命中了防彈板，卻還是沒能得救。

防彈板連同戰鬥服的背部一起破了個大洞。寬廣的著彈特效幾乎覆蓋他兩邊的腋下。

「咦？」

下一發子彈飛向轉頭的男人胸口並命中目標。

他為了參加ＳＪ３而新購買了「ＳＣＡＲ—Ｈ」這種高性能的突擊步槍，同時也負起狙擊的任務，但是卻連一發子彈都沒發射就退場了。

「…………」

第三個人因為思考趕不及眼前的慘狀而只能呆呆站在現場，變成了單純的槍靶。

下一發子彈就朝著他身體中央飛去。

「嗚哇……又來了……」

轉播畫面當中，第三個人的肚子上爆散大大的著彈特效，然後仰躺著倒了下去。

當然他也是遭到一擊斃命。經過三秒鐘左右ＨＰ完全歸零的時間，身體上就點亮了「De

ａｄ」標籤。

另一個畫面裡，發射５發子彈幹掉四個人的夏莉，開始交換Ｒ９３戰術２型狙擊步槍的彈匣。接著推上手動槍機，裝填下一發子彈。

這段期間，她依然一直站在傾倒的管制塔上。

她的動作極為光明正大且悠閒。隨風擺盪的斗篷，看起來就像勇者身上的披風一樣。身形完全與故事的主角沒有兩樣。

「喂，太帥了吧！」

「應該是知道目前周圍沒有敵人，而且站在高處的狙擊比較有利的緣故吧。」

「希望來點熱血的背景音樂。」

「太棒了，再多殺一點！」

觀眾們感到非常開心。接著……

「那把是什麼槍……應該不是反器材步槍吧？」

沒有看過ＳＪ２的某個人開口這麼詢問。

光是一發就能在胸部與腹部造成廣大範圍的傷害認定，而且還能貫穿防彈板讓人一擊斃命，以普通的步槍來說威力實在太過強大。

因為他認為，如果是大口徑的反器材步槍，或許具備如此凶惡的攻擊力，所以才會提出這個疑問，但其外表看起來卻是小型槍械。

「是一般的布拉賽爾R93戰術2型狙擊步槍喔。如果和SJ2時一樣，就是7.62毫米口徑。」

上屆也仔細地觀戰的其中一名觀眾以平淡的口氣這麼回答。之所以故意回答口徑，是因為R93戰術2型狙擊步槍是可以交換槍身與彈匣來射擊各種子彈的槍械。

「果然是這樣。以反器材步槍來說實在太小隻了。不過，如果是這樣，為什麼還會有那麼驚人的威力呢？」

這個問題讓酒場裡陷入暫時的沉默當中。

最後是由即使在GGO這個喜歡槍械者眾多的遊戲裡，依然算是數一數二，已經到達病態程度的槍械狂來回答這個問題。

「這是我個人的預測——」

「然後呢？」

「那女的應該是用了開花彈。」

＊　＊　＊

應該沒有比夏莉更加對參加ＳＪ３感到熱血沸騰的玩家了吧。

簡單把她的內心翻譯出來的話，就是上一屆之前……

「咦～我完全不想射擊人類。只有愛與和平才是我想要的。」

這麼想的女人已經不在了。她在ＳＪ２裡就死了。

現在的夏莉，是內心充滿殺戮衝動的恐怖狙擊手。當然，這僅限於遊戲當中。

之後的兩個多月，夏莉重新鍛鍊了自己。

既然已經把ＧＧＯ歸類為「遊戲」，那麼射擊人類就完全不會遲疑了。

為了變強來享受更多遊戲的樂趣，她便把工作之外的自由時間全部拿來潛行到ＧＧＯ的世界裡。把興趣變成工作的她，也不會因為其他事情而占用了時間，目前也沒有交往的男朋友，所以可以隨心所欲地玩遊戲。

夏莉在ＧＧＯ裡狩獵怪物，一有機會就積極地進行ＰＫ，藉此來提升經驗值以及虛擬角色的能力。

這時她理所當然般有了提升攻擊力的想法。

她沒有忘記，也不想要忘記ＳＪ２裡的懊悔心情。

瞄準後發射出去的子彈明明命中Pitohui的頭部，那一發子彈卻沒能讓她的ＨＰ歸零，也就是沒能殺掉她。

但就算是這樣，她依然完全沒有放棄愛槍——Ｒ９３戰術２型狙擊步槍的想法。

因為這把槍和現實世界的她——亦即霧島舞（二十四歲，居住於北海道，職業是獵人與自然生態導覽員）擁有執照所持有的狩獵用步槍，一般的Ｒ９３之間只有槍托不同而已。

這把槍正是和夏莉一起越過ＳＪ２死線的搭檔，如果參加ＳＪ３的話，就只有帶著它一起戰鬥這個選項。

因為是以能夠交換槍身為特徵的槍械，所以也有了加大口徑這樣的點子。比如說從現在的３０８Winchester（7.62×51毫米ＮＡＴＯ彈），轉換成更具威力的３００Winchester Magnum或者３３８Lapua Magnum。

但是，這麼一來就會和現實世界使用的Ｒ９３產生差異，導致至今為止培養出來的，「這個口徑的話，在這個距離子彈會掉落多少」的感覺整個錯亂。

想著這樣的話該怎麼辦才好的夏莉，調查之後——

找到的答案是「自製彈頭」這個技能。

ＧＧＯ玩家能夠以經驗值交換各式各樣的技能，也就是特殊能力，其中自製彈頭這個技能，是只有相當靈巧的人才能辦得到。

夏莉拚命地提升「靈巧」數值，最後終於獲得了這個技能。

接著她便開始製造威力更強大的子彈。

現實世界以狩獵為職業的夏莉，當然具備彈藥的知識。而且是比一般槍械迷更加詳細的知識。

在軍隊以及ＧＧＯ裡，主要使用的是「全金屬包覆彈頭（Full Metal Jacket）」。

這是把主要由鉛製成的子彈完全包覆在黃銅底下。可以說是名符其實的，全（Full）金屬（metal）包覆（jacket）的子彈。簡稱ＦＭＪ。

從外表來看也可以立刻辨認出來。

彈頭完全閃爍著金色光芒，而且前端為尖形的就是這種子彈。由於具備高貫穿力的優點，所以最適合拿來進行穿透遮蔽物的攻擊。

只不過，擊中某種物體時「整個穿透」，也就代表著「無法將所有威力轉變成傷害」的意思。

另外有一種和ＦＭＪ相反，只有彈頭前端不用黃銅包覆的子彈存在。它一般的名稱是「軟頭型彈頭」，又或者是「半金屬包覆彈頭（Jacketed Soft Point）」。

這種子彈因為前端柔軟的鉛整個外露，所以就算目標相當柔軟，一旦命中也會從彈頭被壓扁然後變形。它會變成蘑菇狀，一邊擴散開來一邊在生物組織內前進，最後緊急煞車並破壞內部。

過去在英屬印度「達姆達姆」這個地方的工廠（軍工廠）裡，曾經以同樣的理論製造出提升殺傷力的彈頭並且在戰爭中使用。

這也是它通稱為「達姆達姆彈」的原因。

之後因為「使得傷口擴大所以不人道」的提議，時至今日這種彈頭都不得在戰爭當中使用。經常聽人說「戰爭時不能使用達姆達姆彈」就是這個原因。

只不過，ＦＭＪ也能夠進行增加人體傷害的改造，而且殺人用的武器還講究什麼人道根本是狗屁不通的道理。

不用說也知道，不論是過去還是現在，狩獵時使用的都是軟頭型彈頭。

在狩獵時，必須盡可能一發就擊殺獵物或者讓其無法行動。命中之後就貫穿過去的話，將會讓對疼痛特別有忍耐力的野生動物逃走。

另外警察也可以使用軟頭型子彈，以確保子彈能給予犯人傷害，並且不會在穿透嫌犯的身體之後再射中別人。

夏莉為了將一發子彈的威力提升到極限而開始自製起彈頭。

一開始作為目標的軟頭型子彈，算是還滿簡單就完成了。夏莉隨即試著把子彈拿來射擊怪物，結果立刻能得知造成的傷害提升了。

但是……

「這樣……還是不行……」

夏莉並不覺得滿足。

雖然對生體組織的傷害提升了，但是對硬物的貫穿力卻減弱了。

這樣只要對手裝備了防彈背心或防彈板，頭上再戴鋼盔的話，威力就反而會減弱。

雖然也考慮過依照不同狀況來使用ＦＭＪ與軟頭型子彈，但這樣還得費功夫來更換彈匣。

最重要的是，會產生「每次更換子彈，槍的著彈點就會出現誤差」這個致命的缺點。彈頭不同的話重量也會不同，彈道也會跟著有細微的改變。

對於夏莉這種以一擊必殺為目標的狙擊手來說，「每次使用同樣的子彈，讓其命中同樣的部位」是相當重要的事。

如果不是夏莉，也就是說如果是一般的ＧＧＯ玩家，那麼混用子彈應該就不成問題吧。

理由當然是因為著彈預測圓。

它就像是能告訴射手著彈位置的自動計算機。能夠根據狀況，計算並且顯示出「會擊中這裡喔」的結果。

但是夏莉（她的伙伴們也一樣）並不使用著彈預測圓。他們是以自己的經驗，計算距離造成的落差以及風阻後來瞄準，在觸碰到扳機的同時就開槍射擊。

如果把著彈預測圓比喻成計算機，那麼夏莉他們就是經常處於心算狀態。同時也藉此獲得了「不讓對手看見彈道預測線」的優勢。

「有沒有……那種……適用任何情況……且更強大的子彈呢……」

找不到答案的夏莉……

「去殺幾個人吧……」

為了轉換心情而出發去ＰＫ。因為殺掉幾個人之後，或許就會浮現什麼好點子。當然指的是在遊戲裡面。

假日悠閒的午後，夏莉藏身於廢墟戰場的大樓頂樓，然後靜靜等待著某個「獵物」經過。

什麼事都不做，只是獨自等待超過兩個小時以上確實是很無聊的一件事。但是，對於在現實世界裡藉由狩獵鍛鍊出忍耐力的她來說，這根本就像茶餘飯後的小事。

最後她發現狩獵完怪物，志得意滿地踏上歸途的五人組，等待幸運的他們來到正下方，就以瞄準鏡捕捉到他們的身影。

瞄準的方向是垂直。位置是在大樓旁邊。這樣的話距離相當近，風也不會給彈道太大的影響。同時也不受重力的影響。因為怎麼說都是在正下方。

當夏莉想賞給他們的頭部一人一發子彈時，提升倍率的瞄準鏡視界當中就看見了，在其中一個人背上晃動的藍色電漿手榴彈。

毫不猶豫就發射出去的子彈命中槍榴彈，理所當然地造成了誘爆。

光靠一發子彈，就讓這群人包裹在爆炸的藍光裡一起上西天。在歡樂狩獵的歸途中，完全搞不清楚狀況就被殺掉，應該會讓這群人有一段很不愉快的回憶吧。

而對夏莉來說，藍色爆炸火焰就宛如天啟一般。

她就在大樓廢墟的窗邊大叫著：

「對了！只要讓子彈具備爆炸力就可以了！」

＊　＊　＊

「你說開花彈……還能用那種東西啊！」

酒場裡的男性觀眾用難以置信的口氣這麼說道。

「當然可以了！因為沒有禁止吧？我不認為海牙公約能夠在ＧＧＯ內發揮效力。」

「不，我不是這個意思，是說那有在賣嗎？」

「當然沒有——也不認為是剛好被她挖掘出來，所以應該是她利用自製彈頭技能，在不斷嘗試下製作出來的吧。」

「能辦到這種事啊！」

「正因為能辦到，才會有那種威力吧。」

「嗯，當然是這樣沒錯啦……」

螢幕當中的夏莉開始移動了。

傾倒的管制塔後方是陡峭的斜坡，夏莉直接滑到半途，最後剩下3公尺左右的高度時便跳了起來。

雙腳著地的同時，就抱著槍械軟趴趴地往旁邊倒下並轉了一圈。那的確是相當漂亮的受身動作。沒有這麼做的話，或許會受到從高處落下的傷害。

可以從動作看出玩家本人，亦即現實世界的她身體能力也相當高。

「太厲害了，那個女的是何方神聖？」

「我哪知道。」

「下次搭訕看看吧？」

「喂，一看到是女的馬上就想到這個嗎……現實世界的她，不一定像虛擬角色一樣是個美女喔。」

「你就是這樣才沒有異性緣。」

「你說什麼？」

聽不見男人們無聊對話的夏莉立刻撐起身子，把R93戰術2型狙擊步槍擺在腰部然後全速開始移動。

非常適合砂石與水泥地形的灰色斗篷，因為全力奔馳而隨風飄揚。

同一時刻——

「應該可以了吧？」

克拉倫斯趴在躺著四具屍體的貨車旁邊並這麼呢喃著，然後只抬起臉部來四處張望警戒著周圍。接著開始滾動，逃進目前最為安全且最靠近的地點，也就是貨車車輪中間。

然後看向倒地的屍體當中，唯一不是死於自己之手的角色，亦即同伴山姆。

到剛才為止都閃爍著巨大的著彈特效，現在則已經是露出「安詳表情的漂亮屍體」，亮起了「Dead」標籤躺在地上。

「那子彈是怎麼回事？威力太驚人了吧？」

克拉倫斯也注意到子彈的威力了。

因為它怎麼說都是穿透了一般子彈很難貫穿的防彈板，給予虛擬角色極大的傷害。

克拉倫斯當然也在裝備背心的胸口與背後安裝了科幻世界的薄型防彈板。這樣就可以保護肺部與心臟等重要臟器，讓它們不會受到一擊斃命的重傷害。

但是，剛才那強烈的一擊，讓防彈板完全無法發揮效用。

「嗯，雖然不知道是什麼東西——」

認為怎麼想都不知道答案的克拉倫斯隨即停止煩惱……

「只要記住，被擊中一發子彈就會喪命即可。」

並且做出合理的結論。

「哇呀，真是太危險了。戰爭果然是地獄啊，呀呼。不過這可是遊戲喲呵呵呵。」

幸好攝影機並沒有捕捉到車輪之間的克拉倫斯一邊這麼說著，一邊露出燦爛笑容的模樣。

正如酒場裡的某個人所預料的——

夏莉所製作的正是開花彈。

也就是在子彈當中塞火藥，將其加工為命中的同時就會爆炸的子彈。

現實世界要製作這樣的子彈就需要精密的金屬加工技術與設施，但ＧＧＯ是遊戲。只要蒐集材料，然後給予「製造新彈頭」的指令，再來就只要靠虛擬角色的靈巧程度就能完成。

夏莉準備了能入手的火藥當中破壞力最為強大的一種，然後試著製造彈頭。在歷經數次失敗後，比她想像中還要簡單就完成了想要的彈頭。

「完成了！」

夏莉捏起親手製作的彈頭，露出像小孩子一樣的笑容。

開花彈的構造其實不會太複雜。甚至可以說有點原始。

只要在尖頭的圓筒型ＦＭＪ中央空洞部分，從前面依序──

「炸藥」（讓其在砲彈中爆炸的，高感度與高破壞力的高性能火藥）

「小型雷管」（通常安裝於彈殼尾端，遭撞擊後會點火的蓋狀零件）

「小撞針」（為了擊打雷管而安裝上去的針，是槍械最重要的零件之一）

將這幾樣零件直向排成一列就可以了。

子彈被發射出去後，會正常地邊高速回轉邊往前飛，然後前端部分命中目標。

如果目標是柔軟的物體，子彈就會直接陷進去，如果是防彈板的話，彈頭部分就會破碎並且開始飛散開來。

然後不論是哪一種情況，子彈都會開始緊急煞車。

如此一來，當中的撞針就會因為慣性法則而往前進。就像緊急剎車的電車裡，乘客會整個往前傾倒一樣。

當撞針猛烈撞擊雷管，雷管就會產生細微的爆炸並且誘爆炸藥——砰磅。

整顆子彈就會炸開來。

由於炸藥量不多，所以其爆發力當然有限，但既然使用的是科幻世界ＧＧＯ裡破壞力最強大的火藥，因此破壞力還是相當可觀。

夏莉進行測試射擊時，一發就輕鬆讓樹幹直徑15公分的樹木倒下。

即使是去狩獵怪物時射擊，也證明它相當有威力。

命中活體時，因為會陷入體內深處才爆炸，所以效果是無可挑剔。就算是巨大怪物，命中腦部也絕對是一擊斃命。

為了測試是否能對付防彈板而找了表面裝中堅硬的怪物來做實驗，結果可以得知造成的傷害比預料中還要多。由此可以推論出，表面爆炸產生的壓力會直接傳導出去，對生物的內臟造成傷害。

同時可以知道命中準度也毫不遜色，能夠與之前一樣進行高準確度的狙擊。

開花彈在以人類作為對手時，不論命中什麼地方都會造成巨大的傷害。這也就表示，不必瞄準腦部或者脊髓等「即死部位」也沒關係。只要瞄準對手最大的目標，也就是身體中心即可。就算稍微有些誤差，也能讓對方受到致命傷。

而像這樣似乎只有優點的開花彈——

其實還是有一個無法克服的缺點。

沒錯。就是它的價格。

在必須自己購買子彈的GGO裡，絕對無法輕忽每天必須付出的子彈費用。

槍械如果是使用5.56毫米或者7.62毫米等NATO軍採用的制式知名彈藥，在GGO裡就會比較受歡迎，這是因為每1發子彈的單價比較便宜的緣故。

夏莉製作的開花彈，把雷管與炸藥等原材料費、把彈藥加工至完成的彈頭上所需的材料．加工費，以及製作過程中會以某種頻度出現的失敗全加算進去之後——

每一顆的費用是一般子彈的五十倍以上。

單純說五十倍的話或許沒什麼真實感……

「就算是美味，你有可能每天喝一瓶六千五百日幣的罐裝果汁嗎？」

如果這麼問的話，應該就會對其昂貴的價格感到驚訝了吧。

但夏莉還是沒有絲毫猶豫。

除了拚命玩遊戲獲得的點數之外，她也投入些許現實世界的金錢，最後終於在SJ3之前準備了200發開花彈。

就算所有小隊都是達到上限的六個人參賽，敵人也只有一百七十四人。計算起來每個人1

發的話還有找。

當然實際參賽時不可能那麼順利，而且剛才就已經有1發子彈沒有擊中目標了……

「哈哈哈哈！」

跑過編組站的夏莉，看起來相當快樂。

SECT.6 第六章　女人的戰鬥

時間是十二點三十九分。

明明快要到掃描的時間了……

「到底發生什麼事了……？」

五個男人卻完全沒有觀看的空檔。

稍早之前，他們分成兩人與三人的小組，鎮守著扇狀，或者可以說是鶴翼之陣的左端，也就是左翼。所待的地點是互相連結同時並排在一起的貨車與火車頭後面。因為中間車輛的關係，讓他們的位置完全看不見之後克拉倫斯的窩裡反，以及再之後夏莉的狙擊。

因此從右側傳過來全自動射擊的槍聲，以及後方傳過來類似狙擊槍的尖銳開火聲，都完全出乎他們的意料。

五個人非常自動地聚集在一起，縮在火車頭後面警戒著周圍。

「右翼的那些傢伙，是不是在和新出現的敵人戰鬥……？」

一個人做出這樣的推理。

其實這也不算完全錯誤……

「等等，那不可能吧！之前的掃描裡，並沒有能在這段期間趕過來的隊伍！」

別的男人做出這樣的結論。由於從掃描的結果來看確實是這樣，所以其他四個人也沒有理由反駁他的看法。

「大家開火的目標應該是ＬＰＦＭ吧？後面傳過來的槍聲，應該是又有其他伙伴加入，正在進行支援狙擊吧？」

雖然是太過於天真且樂觀的觀測，不過確實有人開口說出這樣的話。

「好吧，繼續待在這裡也沒有用。我們往右側移動吧。不過要特別小心。不論途中發生什麼事，都要立刻有所對應——」

磅咚。

一聲爆炸聲打斷了他的話。

在其他四個人注視下，他的上半身就從內部發出奇怪的聲音，然後直接往旁邊倒下。

幾乎覆蓋整個上半身的鮮紅色著彈特效，讓他看起來就像是火把一樣。

「是狙擊！」

四個人各自散開，同時開始逃離現場。

威力高到不可思議的子彈造成今天已經不知道是第幾次的恐慌，讓他們沒有考慮該往哪個方向，就只是不停地跑著。

「嘖！」

不過，夏莉卻因此而咂起舌頭。

她站在一輛貨車旁邊，架著R93戰術2型狙擊步槍。五秒鐘前，她跑過放置大量貨車，宛如迷宮一樣的編組站，並且發現沒有注意到她靠近的五人組。與他們的距離是200公尺。

如果是人類的身體這種巨大的目標，就算是在風速依然強勁的狀況之下，夏莉也不可能失手。

夏莉發射出去的開花彈，陷入冷靜地對伙伴們傳達作戰計畫的男人腋下，然後在他體內爆炸。當然一擊就奪走男人的性命。

由於是相當好的位置，所以夏莉原本以為還能再幹掉兩個人左右，但四個人卻各自散開逃走了。

兩個人朝右側，另外兩個人則是往左側奔跑，立刻就躲到途中的貨車後面，再也看不見身影了。

「哼！那就先從左邊開始解決吧！」

夏莉轉過身子，躲在貨車後面往左邊跑去。

「搞什麼！果然是敵人嗎！而且還有那麼強大的武器！」

「別廢話了，快跑！可惡啊，臭狙擊手真是太卑鄙了！」

往右邊逃走的兩個人，一邊叫苦謾罵一邊全力奔馳。

他們的目標是陣地的右翼。那邊雖然是剛才傳出大量槍聲的地點，但與其漫無目的地徘徊，兩個人認為就算是在戰鬥中也無所謂，還是盡快跟同伴會合比較重要。

當他們穿越一輛貨櫃車後面時……

「啊！你們兩個人平安無事嗎！真是太好了！」

果然遇見了同伴。

對方在貨車與貨車之間，不會遭受前後夾擊的絕佳位置警戒著周圍。

他就是之後才來到現場，冷靜地幫忙訂立作戰計畫的那個帥哥。

他的名字確實是叫作——

酒場的觀眾全看見了。

轉播畫面當中，幾乎可以說是在進行槍決的光景。

靠近克拉倫斯的兩個男人——

「別過去！那傢伙是敵人啊！」

以放下心來的模樣蹲在貨車後面……

「快點逃比較好喔！」

「後面！後面！」

畫面就播放著克拉倫斯迅速站到兩人正後方，以AR—57分別對準他們後腦杓射擊的模樣。

「啊～……」

「可惡，那到底是什麼，反器材步槍嗎？」

「如果是的話，會被轟得更遠吧！」

「那究竟是什麼！」

「誰知道啊！」

逃向左側的兩個人，嘴裡說著沒有答案的疑問並全力奔跑。

他們為了逃走，根本沒有多餘的心思去注意周圍的環境。只是專心地逃亡，然後從貨車後面探出身子。

「啊？」「啊？」

兩人在眼前……

看見某個身穿灰色斗篷的人。

觀眾們從轉播畫面看見兩個人逃走的模樣。

雖然他們似乎不是速度特別快的角色，但拚盡全力來奔跑的話，還是有一定的速度。

當攝影機以兩人為拍攝的焦點時，背景就迅速往後流動，必須是動體視力相當好的人，才能看見一道灰色人影閃了進來。

下一瞬間，影像就切換成從夏莉背後往前照的鏡頭，這時候觀眾才注意到三個人相遇了。

「很近喔！」

為了獲得狙擊位置而奔跑的夏莉，發現從短短50公尺前方橫越的兩個人……

「喝！」

於是她就邊跑邊把R93戰術2型狙擊步槍架到肩上。

尖銳的槍聲響起。

奔跑的兩個人其中之一，腹部變成鮮紅色並跌倒，在砂石地上滑行了一陣子後，才被鐵軌擋了下來。這時當然已經魂歸西天了。

跑在後面的男人，被同伴的屍體，或者說快變成屍體的身體絆倒……

「哇啊啊！」

整個人往前跌去。由於奔跑的去勢仍未消失，即使臉孔與與胸口落在鐵軌上也無法立刻停止。

滑了3公尺的男人，移動到隔壁的鐵軌……

「好痛。」

準備站起來而抬起頭的瞬間，就看見一道穿著灰色斗篷的人影朝自己猛衝過來。

迷彩圖案的長棒子，像是長槍一樣朝著自己刺過來。

接著前端就發出亮光。

「哇呀！好厲害！」

「那是什麼！」

酒場裡，觀眾因為夏莉瞬間展現的技藝而高興地放聲喝采。

這是瞬時瞄準近處敵人並且射擊，名為速射（Snapshot）的技巧。

雖然也有快照（Snapshot）這樣的攝影用語，但原本其實是射擊用語。所指的技巧是獵人迅速且確實地射擊突然出現在眼前的獵物。

當然ＧＧＯ的玩家每個人都曾經使用過這種射擊方式，但要用狙擊槍來使出速射就需要相當高超的技術了。

而且真要說的話……

「是Running snapshot耶……」

「技術太高超了吧。」

夏莉是邊跑邊完成這個技巧。

幾乎是全力奔馳的她，架起狙擊槍後扣下扳機。

從發現敵人到開槍，動作迅速的她只花費零點幾秒的時間。而且子彈也理所當然般命中第一個人的腹部。

開花彈完成了符合自己五十倍身價的任務。如果是普通子彈的話，就只是會穿透側腹部而已，還不至於會讓對手的ＨＰ歸零。

託立刻被判定死亡的福，還帶來了絆倒第二個人的副作用。

由於第二個人處於無法順利反擊的姿勢，所以只要冷靜地瞄準即可，但夏莉還是沒有停下腳步。當然是因為考慮到還有其他敵人的緣故。

因為是R93戰術2型狙擊步槍，才能在以恐怖的速度裝填子彈後立刻射擊，奪走第二個男人的生命。而且同樣是邊跑邊開槍，簡直就像是在表演傳統騎射技藝的流鏑馬一樣。

夏莉警戒著周圍，最後可能是確認可見範圍內沒有獵物了吧，只見她終於停下腳步，躲藏於貨車旁邊。

雖然還剩下2發子彈，但她毫不猶豫地更換起彈匣。

「真是乾脆耶，大姊。」

「技術真不是蓋的。除了狙擊之外，還會速射嗎……」

觀眾看著在畫面下方發光的「5」這個數字並這麼說道。

「這下子聯合部隊就全滅了。」

男人瞄了一眼鄰桌，就看見戴著貝雷帽的男人坐在椅子上……

「…………」

以眼眶含淚的模樣茫然待在那裏。

時間是十二點四十一分十秒。

第四次掃描已經結束了。

「可惡，根本沒有看的時間！」

克拉倫斯在處刑的兩名男性屍體面前悔恨地這麼說著。

第四次的掃瞄似乎花不到一分鐘，就算盯著接收器看上面也沒有標示出圓點。明明叫出地圖了，卻連現在位置都不會顯示，ＳＪ的系統就是如此地不親切。

接著克拉倫斯……

「啊呀？」

就因為無聲逼近到腳下的水而嚇得跳了起來。

沒錯，海水已經迫近到這個地方了。

放眼望去一整片全是海水，而且以人類快步行走的速度，在絕對不會停止的情況下迅速覆蓋編組站。

鐵軌就像是防坡堤一般，讓該處的水勢稍微減弱了一些——

但鐵軌終究是有高度限制，從後面推過來的海水逐漸累積高度，立刻就越過了鐵軌。看來海水前進的速度是越來越快了。

「這下糟了！」

克拉倫斯以靴子踢著海水跑了起來。

兩具屍體就這麼靜靜地從她消失的地點沉到海裡去。

「噢，已經到這裡來了嗎……」

夏莉也同樣注意到迫近的海水。

從藏身的貨車後面所能窺看到的景色，從300公尺左右的前方就不斷轉變成海洋。平坦的地點被與天空一樣的淡灰色海水覆蓋，貨車與火車頭逐漸變成島嶼。如果被困在上面的話，就只能留在這些島上慢慢等死了。

如果是和強敵較勁而被擊殺也就算了，夏莉完全沒有打算因為溺死而從SJ3裡退場。

沒時間觀看掃描的夏莉也同樣……

「沒辦法了。先逃離這座戰場吧……」

放棄接下來十分鐘的戰鬥。

原本還想要繼續大鬧特鬧一番呢。

夏莉相當有自信，不論什麼人觀看掃描，都不會發現自己的所在位置。

這全是靠她所採取的作戰。

ＳＪ３的待機區域裡，也就是在大會即將開始的狀態下，夏莉才將自己的點子告訴其他四名同伴。

也不能怪其他四個男人聽見她的點子後會頓時說不出話來。這是因為……

「我從大會一開始就獨自行動。然後希望大家也各自散開，盡量在戰場裡逃竄。隊長的順序則把我設定在最後。」

夏莉開口做出這樣的發言。

「咦？咦咦？」

有些伙伴無法理解她的意圖……

「噢，原來如此……是這種作戰嗎……」

也有些伙伴立刻知道她想做什麼。

「這……這是怎麼回事？」

「掃描只會顯示隊長的位置吧？五個人全部分頭行動的話，就算被發現且逼到絕路，這十分鐘裡也只有一個人會死，這就是夏莉的戰法。」

「原來如此……」

「然後隊長會轉移到下一個人身上，就算遇見最糟糕的情況，也就是每十分鐘隊長就被殺掉——」

「原則上也會有四十分鐘的時間不知道夏莉的所在地嗎！但是，單獨行動不是很危——」

其中一名伙伴說到這裡就停了下來。

這是因為他想到自己這幾個人就算了，但是提升了技術的夏莉，單獨行動才更能存活下來。自己這幾個不習慣戰鬥的傢伙，反而會拖累她。

夏莉點點頭後……

「我會專心尋找以開花彈一擊必殺的機會。也為了對應不同狀況而準備了數件迷彩斗篷。只要覺得敵人太強，我就不會攻擊然後躲起來。你們單獨行動的話比較容易逃亡，而且只要有狙擊的機會，也具備沒有預測線就能射擊的技術。雖然多少有點樂觀，不過我想應該不會輕易死去才對。」

一口氣說到這裡的夏莉又補了一句：

「而且剛才那個貝雷帽男帶來的作戰，就是利用信號彈打倒強敵的那個計畫——那應該能派得上用場。各小隊為了那個目的而聚集起來的話，一開始的三十～四十分鐘，大家就會集中在那邊的戰鬥上。屆時我就會有從後面攻擊的機會與逃竄的空檔。」

「妳說明得很清楚了……我也想不到比這更棒的作戰。大家認為呢？」

接下來也沒有任何人提出反駁。

ＳＪ３開始時，夏莉等人的小隊是在島嶼北側那一整片城市當中。以東西向來看幾乎是在島嶼中央部，以南北向來看就是在北部邊緣，也就是沿海的城市當中。所以立刻就能知道海面隆起並往陸地迫近的事實。

「那麼，祝大家好運。順利的話之後再一起喝一杯吧。從現在開始，我連通訊道具都要切斷。」

夏莉剛這麼說，就從倉庫欄裡選出被稱為「Ａ－ＴＡＣＳ ＡＵ」的灰色迷彩斗篷並披了上去，然後抱著Ｒ９３戰術２型狙擊步槍往前衝。一瞬間就消失在大樓後面了。

留下來的四名男性……

「嗯，那我們就盡量試試看吧……」

「好吧！」

「了解！」

「好像變成了屯田兵！」

最後互相輕碰拳頭，然後各自揹起獵槍——不對，是狙擊槍並散開了去。和夏莉不同的是他們的通訊道具都還打開著，所以只要願意就能對話。

就這樣，過了四十分鐘的現在，夏莉的小隊成員沒有任何人死亡。

之所以這麼幸運，全是因為那個共同作戰的提議。

由於有不少隊伍都想一開始就打倒強隊，所以根本沒有空對ＫＫＨＣ出手。

結果四個人就確實地存活在不同的地點。

當然，因為也不願意主動出手招怨並遭到追趕，所以可憐的他們只能專心逃亡同時靜靜地躲藏起來。

下定決心先逃離現場的夏莉——

看了一下小隊成員並排在左上角的ＨＰ。所有人都毫髮無傷地存活著，只能說真的像是奇蹟一樣。

「太好了。這樣能夠繼續大鬧一番了。」

留下把己身樂趣看得比伙伴安危還要重要的呢喃後，夏莉就奔跑了起來。

藉由掃描的結果與紅色信號彈，她很清楚ＬＰＦＭ位於編組站的另一端。

那是在ＳＪ２沒能幹掉的Pitohui，以及讓自己退場的蓮所隸屬的小隊。當然內心充滿想手刃兩個人的心情，但還是判斷目前不是能發動偷襲的狀況。

由於不認為那幾個傢伙會輕易被海水淹死，所以他們一定會用某種方法存活下來才對。只要還活著，就還有遇見他們的機會。

現在最重要的是撤退到島嶼內部來遠離海洋，之後再尋找機會發動攻擊。

就這樣，全速奔馳著的夏莉——

短短三十秒之後，就和同樣全力奔跑的克拉倫斯撞個正著。

「為什麼？」

克拉倫斯沒想到狙擊手會來到如此靠近的地方。她以為剛才的槍聲一定是男人們所發出。會發動突擊的狙擊手根本不能算是狙擊手。實在太超乎常軌了。

「咦？」

而夏莉也沒想到會有敵人直接往發出槍聲的方向衝過來。

克拉倫斯衝向側躺在地上的火車頭後面——

夏莉幾乎也同時也往罐車的旁邊飛奔。

對於夏莉來說不幸的是，克拉倫斯的掩蔽物是側躺的火車頭。

如果是一般放置在鐵軌上的車輛，就能從車輪之間看見後面，夏莉也就可以發現往這邊迫近的腳部了。

而對克拉倫斯來說倒楣的是，嗯，只能說對方元氣十足地衝過來就算她倒楣了。

在短短20公尺的極近距離下認識到對方存在的兩個人……

「呀！」

克拉倫斯……

「喝！」

以及夏莉都從腰部的位置把武器朝向對方。

雖然克拉倫斯的反應絕不算慢，但至今為止完成兩次速射的夏莉還是快了一步。

R93戰術2型狙擊步槍搶在AR－57之前發出尖銳的開火聲。

必殺的開花彈朝著克拉倫斯襲去……

「哇呀！」

命中她手上AR－57的槍身正中央並且爆炸。

其威力讓AR－57陷入幾乎要成為廢槍的送修狀態，直接從SJ3裡頭退場。這把槍不送到槍械店修理的話絕對無法使用了。

兩人的腳步在隔了10公尺的距離下停止的同時，被轟飛的AR－57也掉落在鐵軌上。

夏莉拉著手動槍機退出空彈殼，接著將其推上來裝填下一發子彈——

但克拉倫斯的右手已經搶先一步動了起來。

右手抓住收在右腰槍套裡Five-seveN手槍的握柄。以醒目的速度拔出後，對準完成裝填的夏莉……

「呀哈！」

一邊發出高興的笑聲，一邊開始毫不容情地連射。

「嗚！」

即使第1發子彈陷入右肩，夏莉還是開槍了。

但身體失去平衡的射擊，只是在幾公分的差距下擦過克拉倫斯的肩膀，下一刻就在正後方的火車頭外板上爆出大大的火花。

克拉倫斯的第2發子彈擦過夏莉的頭部，把貫穿的兜帽整個往後拉。

夏莉的綠髮、反戴的迷彩圖案棒球帽，以及畫有三條橫向黑色塗裝的臉就這麼露了出來。

上一屆用沾在手上的泥巴在臉上所畫的線條，這屆已經改用黑色迷彩用化妝品來塗。雪白臉頰上的三條線，看起來就像是猛獸的毛皮一樣。

「哈咦？」

克拉倫斯在發射完第3與第4發子彈後，食指的動作就停了下來。那2發子彈雖然命中夏莉的手臂與側腹部，但都只是擦過就往後面飛去。

槍聲停止，兩個人隔著10公尺的距離對峙……

「哎呀哎呀！妳也是女性！哎呀，別亂動！」

克拉倫斯以一隻右手來把槍口朝向對方，同時以興奮的口氣這麼說道。她俊俏的臉龐上浮現爽朗的笑容。

夏莉為了裝填下一發子彈，目前處於右手靠在手動槍機上靜止下來的狀態……

「什麼叫『妳也』……難道妳也是女的？」

克拉倫斯在槍口依然朝向對方的姿勢下回答：

「Yes，I do！」

「等等，應該是I am才對吧？妳英文很爛吧？」

「Sorry。那麼——」

酒場裡的觀眾全看見了。

兩人突然相遇且瞬間猛烈互擊的演出。

以及互相對峙並且說了些什麼的模樣。

ＳＪ的實況轉播，只要不是朝著攝影機放聲大叫，就不會接收到聲音。

「他們不知道在說什麼……」

「這種時候也幫忙收個音嘛！」

觀眾老實地說出此時的感想。

實際上，兩個人也沒講什麼太重要的事情就是了。

「那麼，去死吧！也就是Die！」

克拉倫斯開槍的同時……

「喝！」

夏莉也往側邊跳去。

夏莉用力朝著射手較不容易瞄準的慣用手方，也就是左側用力跳去。躲著由槍口延伸出來的彈道預測線，同時以可以看見槍機殘像的速度來往返操作，完成裝填下一發子彈的動作。

Ｒ９３戰術2型狙擊步槍的槍口準確地對準克拉倫斯。

「咦咦？」

感到吃驚的人是克拉倫斯。沒想到在這種距離下還能躲開手槍子彈。不過她沒有因此而停下射擊。

接著出現手槍遠遠不及的步槍巨大咆哮聲。

飛出來的開花彈命中克拉倫斯的右膝並且炸裂。

「可惡！」

夏莉咒罵了一聲。

她看得相當仔細。扣下扳機的瞬間，克拉倫斯發射的5.7毫米子彈就擊中R93戰術2型狙擊步槍的槍身，錯開了自己的瞄準。

不是這樣的話，早就命中她腹部的正中央了。雖然不知道是碰巧還是她瞄準了該處，總之對方沒有立刻死亡。

不過被開花彈轟中的話，腿部當然無法承受它的威力。

克拉倫斯的腳覆蓋鮮紅光芒，膝蓋以下都被切斷，失去支撐的身體直接朝著右方倒去。

「呀哈哈！」

即使在這樣的情況中，克拉倫斯還是很高興般繼續連射。

以手槍來說，Five-seveN可以儲藏20發子彈的彈匣已經算多了。外側全是塑膠製，乍看之下像是玩具的這把槍，像是要幫持有者展現愉悅的心情般持續噴出輕快的火焰……

「嘎！嘎！」

子彈命中夏莉身體的各個部位，同時也命中她的愛槍。

克拉倫斯的身體磅噹一聲從右肘開始倒地——

同一時間，夏莉的膝蓋也無力地跪了下來。

兩人的距離大概是6公尺左右。

中間隔了五條鐵軌的兩個人停止動作。

克拉倫斯橫躺在砂石地上，右手Five-seveN的滑套完全褪後並且停止，顯示已經沒有剩餘的子彈。至於HP則是剩下四成左右。

枕木上的夏莉則是用兩手把R93戰術2型狙擊步槍當成支撐的拐杖，同時右膝已經跪地。

她身上那些小小的著彈特效正熱鬧地閃爍著。尤其是腿部的傷害特別嚴重，兩腳各自挨了3發子彈。現在麻痺的程度應該相當嚴重。

HP只剩下兩成左右。HP條已經完全進入紅色區域。

「看妳幹的好事……」

夏莉的嘴裡透露出怨恨的低吼……

「那是我要說的話。妳這傢伙，竟然幹出砍斷人右腳這麼過分的事情。」

克拉倫斯以笑著生氣的表情來回報對方。

緊接著……

「但是，現在還是我比較有利！我需要更換彈匣。不過呢，妳還是不要隨便亂用那把槍比較好喔。理由妳應該也知道吧？」

聽見克拉倫斯的話……

「……吃屎吧妳。」

夏莉毫不客氣地展現不符合女性形象的粗野態度。

雖然很不願意承認，但實際上對方說得沒錯。

愛槍的槍身上部，因為被子彈擊中而出現一道又大又深的傷痕。這是即使跌倒也要開槍反擊的對手充滿執念的一擊。

如果子彈造成的傷害達到槍身的內部，也就是讓應該是漂亮圓形的內部有了些許不平坦的話——

射擊出去的子彈將在該處停下來。

即使子彈停下來，燃燒的火藥依然會施加壓力，接著內壓大過槍身所能承受的強度，就會從內側破裂。而且夏莉的子彈是開花彈。或許會在眼前爆炸。

一個搞不好，愛槍將完全報廢。

屆時將會出現必須重新購買槍械，這種在不會掉落武器和道具的ＳＪ裡最糟糕的事態。

更嚴重的是，爆炸可能讓自身受傷而HP歸零，陷入必須從SJ3裡退場的屋漏偏逢連夜雨狀態。

換成為了慎重起見而準備的普通子彈，在把槍舉到頭頂才射擊的安全狀態下進行試射的話，就依測試的結果而存在繼續戰鬥的可能性。

但是……

「不會讓妳從這裡逃走。」

躺在眼前的獨腳女似乎也知道這一點。所以似乎不打算給夏莉這樣的機會。

「我仔細看過SJ2的影像了，所以很清楚。你們的小隊似乎對於步槍有自己的堅持，所以沒人身上帶著手槍。所以接下來我只要悠閒地更換彈匣並射擊就好了。這只是小事一樁。」

那是確定自己已經勝利般的宣言。

克拉倫斯的左手，開始往側腹部放著Five-seveN彈匣的腰包伸去。

而夏莉則是──

「喂──」

在跪著的情況下如此回答：

「妳知道獵人是如何讓無法動彈的獵物一刀清的嗎？」

依然倒在地上的克拉倫斯露出狐疑的表情。左手則抓起預備的彈匣。

「讓獵物『一刀清』？那是什麼……某種喉糖？好吃嗎？」

「就是『最後一擊』的意思。」

「妳在說什麼啊？是想說些有趣的笑話讓我笑死嗎？」

「可惜，猜錯了！」

夏莉放開R93戰術2型狙擊步槍。

撐起全是著彈特效，可以說慘不忍睹的身體後就立刻朝著克拉倫斯衝去。

「妳做什麼？」

克拉倫斯左手拔出彈匣，同時以右手讓握住的Five-seveN空彈匣落下。

接著為了讓左右手的物體結合而抬起手臂，把彈匣塞進握柄裡，操作滑套釋放鈕裝填子彈。迅速且毫無停滯的動作，可以看出她已經相當習慣使用手槍。

最後槍口當然朝向夏莉……

「啊？」

但夏莉已經不在地面上了。

「喝啊！」

克拉倫斯從上方聽見來自夏莉的吼叫聲。

人體從空中落下……

「嘎咕啊！」

夏莉的膝蓋陷進克拉倫斯的肚子裡。

夏莉在被擊中前全力跳躍，對克拉倫斯使出了膝擊。

下一刻，夏莉的左手就抓住克拉倫斯想要抬起的右手……

「別妄想了！」

為了不讓Five-seveN的槍口對準自己而灌注渾身的力量。

到剛才為止都還互相射擊的兩個人，這時重疊在一起了。一名女性坐著把膝蓋抵在另一名倒地的女性身上，同時按住了她的手臂。

然後夏莉便……

「就像這樣！」

獵人是如何給予無法動彈的動物最後一擊？她就用行動來展示剛才這個問題的正確答案。

首先右手抓住斗篷底下，左腰上面的最後武器——刃長一尺，也就是30公分左右，外形類似日本刀的大型匕首的刀柄。

被稱為劍鉈的大型匕首，是獵人在山裡走動時的萬用小刀。可以掃除枝葉，或者為了獲得木柴而砍下樹木——

同時也可以利用其長度，給予大型獵物的心臟致命一擊，讓牠不用受苦就直接喪命。

因為身為獵人的習性，讓夏莉等KKHC的成員腰間都會掛著這種武器。不過從未在GGO裡使用過它。只是當成護身符，或者用來證明身分般的時髦道具。但此時已經有了改變。

「呀嘎啊！」

從克拉倫斯口中發出低沉的悲鳴。

夏莉往下刺的劍鉈，已經有20公分左右陷進她的左側腹。對方是從防彈背心無法保護的側腹部發動攻擊。

「啊！抱歉，沒刺中心臟。」

右膝抵住克拉倫斯腹部，劍鉈刺進其側腹的夏莉嘴裡道著歉。

「現在就讓妳輕鬆。」

這麼說著並把臉靠近的綠髮女，這時也不忘記對獵物表達敬意，臉上露出相當溫柔的表情……

「在那之前，希望妳親我一下……」

因為在肚子裡竄動的虛擬痛覺而崩起臉的克拉倫斯這麼回答。

她的視界當中，HP正慢慢地減少。現在從綠色轉變成黃色了。

但就因為是刺中側腹部才會只像這樣慢慢減少。如果真的如夏莉的瞄準刺中心臟，那ＨＰ應該立刻就歸零了吧。

「我拒絕！」

夏莉連同握住的劍鉈用力舉起右手。

「咕喝啊！」

克羅倫斯的身體當中，被插得更深的刀尖改變方向，朝著虛擬角色的心臟靠近。

雖是在虛擬世界，但克拉倫斯還是嘗到異物插入體內的感覺，同時ＨＰ減少的速度也加快了。

「咕嘎啊啊啊啊，別開玩笑了啊啊啊啊啊！」

克拉倫斯身體唯一自由的左手，這時往腰後方伸去。打開該處的腰包後取出了內容物。

這時她的ＨＰ條終於變成紅色，只剩下最後一點殘值。

然後她就趕上了。

克拉倫斯的左手移動到她的臉前方，白色牙齒就咬住手上的物體。

「咦？」

夏莉看見的是發出鈍重光芒的小小塊狀物。大概是人類的手掌大小，外形看起來就像是小鳳梨，不過顏色是帶著金屬光澤的暗灰色，同時上面有一根大大的桿子——

就算自己沒有用過，夏莉一看就知道那是什麼。那是一顆手榴彈。

「啪鏘」一聲鮮明清脆的聲音響起，安全栓飛了出去。克拉倫斯把咬住的安全栓吐掉之後……

「送給妳。」

笑著留下這句話的瞬間，ＨＰ就歸零然後死亡了。

想射擊夏莉的右手失去力量，左手也輕輕地跌落在旁邊。

克拉倫斯就算死了，也沒有放開手榴彈。

夏莉看見了。

自己現在壓住的人身上浮現出「Ｄｅａｄ」標籤。

接著視界就因為爆炸而變成雪白。

真是隻難纏的獵物。

如此想著的夏莉，就這樣被爆炸的旋風與碎片雨給吞沒了。

這一連串的過程——

也就是從近距離的猛烈互射到腿部與身體分別中彈，再到飛撲過去的女人刺殺對手，然後被刺中的一方死亡後，另一方的上半身被轟成碎片的模樣——

全被酒場裡的觀眾看得一清二楚。

由於是近身戰鬥，所以攝影機貼心地持續以極靠近的鏡頭來攝影，不論是夏莉的劍鉈深深刺進對方身體的模樣、兩個人表情的變化還是雙方被手榴彈轟碎成多邊形碎片的模樣，都以充滿活力且詳細的鏡頭播放出來。

「嗚嗯……」

「好殘忍……」

「太誇張了。」

「怎麼說呢，就不能酌情處理一下嗎……」

全是虛擬世界勇者的觀眾們，這時候把浮現在內心的話呢喃出來。

就這樣，兩名女性玩家離開了ＳＪ３……

「啊！夏莉死掉了！」

ＫＫＨＣ的男人立刻注意到這件事。

因為視界左端當中，小隊成員的ＨＰ不斷下降，幾十秒鐘後終於完全歸零。

「唉，還是不行嗎……」

「可惡！」

戰場的各個地方，靠著躲躲藏藏而毫髮無傷存活下來的男人們，透過通訊道具進行對話。

「啊！哇！等等，我也被發現了，情況不妙！我先逃——」

隊長的聲音到這裡就中斷了。

他的ＨＰ以猛烈的速度減少，變成零之後，隊長標誌就轉移到下一個順位的男人身上。

一定是因為剛才的掃瞄而被知道所在位置，之後強敵便迫近展開襲擊。

只要身影被士兵們發現，戰鬥力低落的孤獨獵人根本無力抵抗。這下子ＫＫＨＣ就只剩下三個人了。

而這些人……

「嗯，到此為止了。」

「是啊，到此為止了。」

「哎呀，已經算不錯了吧？」

很簡單地取得共識後，他們就一起開始下一個行動。

沒錯，也就是主動從ＳＪ３裡退場。

＊　＊　＊

十二點四十七分。

夏莉與克拉倫斯的屍體，就這麼靜靜地被海水吞沒。

雖然兩個人的上半身因為手榴彈的爆炸而粉碎，但ＳＪ裡屍體會漂亮地保存下來，所以幾秒鐘後多邊形碎片就無聲地聚集，簡直就像「甦生魔法」一樣恢復成原本的模樣。

現在她們兩個人，應該會在待機區域度過十分鐘的時間。或許會趁這段時間回顧自己的戰鬥並且加以反省，或者稱讚自己打了一場漂亮的仗。

又或許已經迅速登出，回歸現實世界了。

蓮看著被水覆蓋的兩具屍體……

「啊～這裡還有兩具……」

並開口這麼說道。雖然是敵人，雖然是虛擬空間，但看見人類的屍體依然不是一件愉快的事情。所以她的口氣聽起來有點感傷。

「我看看，哦哦，是同歸於盡嗎？南無阿彌陀佛，南無阿彌陀佛。」

Pitohui這麼說道。接著開始幫屍體唸經。

「這傢伙，應該就是上一屆給蓮彈匣的人吧？」

不可次郎這麼表示。她確實有很棒的眼力。

「另一個人是之前狙擊Pito的傢伙。不會錯的。」

M這麼說道。他果然也有很不錯的眼力。

LPFM的四個人，以極緩慢的速度在編組站裡前進——而且是坐在卡車上。

那是一輛茶色的小型軍用卡車，車台的蓬子與駕駛座側面都覆蓋著一看就知道是事後才加上的裝甲板。

看過SJ1轉播的人或許還記得吧。和大賽快結束時SHINC用來長距離移動的卡車是完全相同的檔案——不對，應該說是完全同一款式的車輛。

M當然是坐在駕駛座，其他三個人則是從車蓬的裝甲板旁邊稍微露出一點槍口與臉龐。做好緊急時立刻能開火的準備。

雖然是小型車，但軍用卡車的特徵就是輪胎相當大，車高也很高。

現在輪胎雖然有一半以上浸在海水裡面，但引擎的吸氣管與排氣管的位置都比水位還要高，所以還能輕鬆地繼續往前移動。

M緩慢且慎重地，以幾乎跟海水漲潮差不多的速度來讓卡車持續行走。

兩具屍體逐漸往後方遠去。蓮看著「Dead」的標籤之外，肉體全被海水覆蓋而再也無法目視的景象，同時開口問道：

「是那兩個人在這裡戰鬥，把其他人全都幹掉了嗎……？」

這時Pitohui開口回答她的問題。

「應該是吧！」

接著……

「哎呀，那兩個人也有兩把刷子嘛！我很中意！看上她們了！」

雖然蓮不知道Pitohui為什麼會這麼高興，但她的聲音確實很興奮。

被Pitohui看上的話，根本不會有什麼好事。

蓮雖然這麼想，但是當然保持著沉默。

在M的提案之下，蓮等人所採取的作戰，可以說是名符其實的「背水一戰」。

這方法是在海水近逼到極限之前都不離開黑色貨車，最後才隨著海水一同進擊。

一開始聽M這麼說時，蓮只感到難以置信。為什麼一定要把自己逼到這種絕境裡頭呢？

但是聽見兩個理由之後，也就暫且同意了。

第一個理由是，對於包圍的敵人來說，也會對海水進逼感到恐懼，M預測膽子大到可以一直靜靜待在原地伏擊的人應該不會太多。

第二個理由就是這輛卡車。

這是停在車輛運輸用貨車上面的其中一台，M早就知道它能夠駕駛。這是因為蓮死命逃竄期間，他有寬裕的時間能夠進行調查的緣故。

原本的作戰是躲在貨車裡減少敵人數量，之後再殲滅感到焦急的敵人，必要時可以使用卡車來高速移動，藉此突破包圍——

「沒想到竟然什麼都不用做……」

蓮感到難以置信。

Pitohui以光劍從貨車側面開了個大洞，眾人才剛從黑色貨車裡出來就聽見槍聲。而且是敵人彼此之間互相射擊的戰鬥聲。

M注意到這一點後，就隨機應變改動了作戰計畫。

也就是變更為我方什麼都不做的作戰。悄悄坐上卡車之後，就暫時躲在裡面。

戰鬥的聲音越來越激烈，最後甚至從遠方混雜著狙擊聲，讓戰況變得更加狂亂。

「喂喂，那是死了很多人的聲音喲……」

「那是當然啦，不可。」

「為什麼人類不能停止戰爭呢？大家一起喝個酒，打開天窗說亮話把事情講清楚，世界就能夠和平了啊。」

「為了慎重起見我還是確認一下，妳這是在開玩笑吧，Pito小姐？」

當蓮這麼吐嘈的期間，戰鬥似乎也變得更加激烈。到最後傳出手榴彈的爆炸聲，接著就突然變安靜了。

由於沒有戰鬥聲，海水也終於來到腳下了，所以卡車就開始跑了起來。

在保持警戒的狀態下緩緩靠近，就在前進的方向發現大量敵人小隊的屍體。即使說還活著的傢伙舉起手來，也沒有任何反應。

最後就發現同歸於盡的兩個人，蓮雖然很想知道是什麼樣的過程造成這個結果，但終究無法知道答案。

「別煩惱別煩惱！可以輕鬆過關不是很棒嗎！大會終於進行到一半了。」

不可次郎開朗的發言……

「嗯，是沒錯啦……」

讓蓮改變了想法。

不用再多花子彈就能脫困確實相當僥倖。然後戰鬥仍未結束。應該說，根本還沒開始與成為參賽理由的ＳＨＩＮＣ戰鬥。

自己確實是有寬裕的時間悠閒地觀看上一次，也就是第四次掃描，從掃描中可以得知ＭＭＴＭ與ＳＨＩＮＣ都還存活。順帶一提，機關槍愛好者也還留在戰場上。

這個時候殘存的小隊數，從掃描開始時還有十支以上。但是在掃描時也能聽見槍聲，同時小隊數量也不斷減少。

最後的戰鬥聲與手榴彈爆炸聲都是在掃描後才聽見，所以現在應該已經很接近廣播所說的，「剩下六到八支小隊時」將會發動特別規則的條件了吧？

實際上還是不知道它什麼時候會發動就是了……

「妳認為呢？會不會已經少於八支小隊了？」

「也許是也許不是吧。又也許已沒有也許。」

蓮剛開口這麼說……

不可次郎就回答了這可有可無的答案。緊接著……

「反正我們是只能戰鬥的人。所以剩幾支小隊根本不重要，讓我們戰鬥到死為止吧，咻嚕哩啦～」

「最後的聲音是什麼？」

「就覺得風聲很適合徘徊在荒野的戰士啊。妳懂嗎？」

「嗯，我只知道我不是很懂。」

蓮決定還是先等待第五次掃描的來臨。

SECT.7

第七章　特別規則，發動

十二點四十九分。

蓮等人乘坐的卡車，終於在沒有與敵人接觸的情況下離開了寬廣的編組站。而那個編組站現在幾乎完全沉入海底。

而海洋與陸地的境界線是一道生鏽的金屬圍籬。

這時M所駕駛的卡車，狠狠地撞破為了不讓人進入編組站所拉起的長長雙重金屬圍籬。圍籬後面是一片草原。

既然已經來到現場，當然可以清楚看見該地的景象。

那裡是一片完全沒有人工物的大地。有許多人類可以輕鬆躲藏起來的不平坦草地，就這樣緩緩往上延伸到島嶼的中央。

覆蓋率達八成的各種雜草全都呈現爛掉一般的綠色，飄盪著一股只要吃下肚一個晚上就會被毒死的氣氛。

它們大概是30～50公分，算趴下去的話大概能隱藏住身體的長度，不過當然無法抵擋子彈。

能見度還是相當糟糕，山丘的最頂端，也就是不明的區域依然看不出究竟有什麼東西。

M的指示傳了過來。

「所有人，準備下車。之後就警戒周圍。」

「咦～M先生，載我們到山坡上的房子裡嘛。你想讓女孩子走路嗎？」

不可次郎雖然這麼抱怨……

「汽油馬上就要用完了。」

「用你的骨氣讓它動啊。你應該有這種骨氣吧？」

「今天剛好沒準備。」

「那就只能踩腳踏板了。所有卡車上應該都有這種東西吧？」

「這部好像是缺陷車。」

「嘖。大會結束後要跟營運單位抱怨一下。」

「準備——下車！」

蓮等人從還在移動的卡車車台後部跳了下來。

之所以在行駛中讓她們跳下去——當然不是為了向觀眾展現帥氣的動作，而是為了不容易被擊中。

停下車輛來依序下車的話，就可能在一次的瞄準下被接連擊中，所以就算在低速行駛當中也要她們從車上跳下去。

而跳下去的三個人則為了不成為敵人的槍靶而蹲低身子，然後各自躲藏在距離數公尺外的窪地當中。

最後M在距離50公尺之外的地點停下卡車，先是丟下背包，然後才從駕駛座上跳下來趴在地上。

所有人警戒著東西南北方，同時準備觀看第五次掃描。這次也只有M觀看衛星掃描接受器。

十二點五十分悄悄地降臨。

從窪地的草縫間露出眼睛來警戒周圍的蓮，耳朵裡傳來了M的報告。

「目前還剩下七支小隊。一千五百以內沒有敵人。所有人都可以看掃描。」

一千五百指的是警戒長距離狙擊的範圍。單位當然是公尺。

如果是50口徑狙擊槍或者SHINC的反坦克步槍，就是在有效射程之內。亦即「瞄準後，子彈的力量能給予人傷害」的距離。

由於本屆的風勢相當強勁，所以在這種距離之下一發就命中的可能性相當低，但怎麼說也具備僥倖擊中就會立刻死亡的威力，因此小心謹慎總不會錯。

「太好啦！那我要看嘍！」

接著就聽見不可次郎的聲音。蓮這時候也一屁股坐到窪地上，同時拿出衛星掃描接收器。

她看著顯示在畫面上的地圖……

「嗚哇！已經剩下這麼小了！」

然後因為島的大小而發出驚訝的聲音。

形狀雖然還是正方形，但從最初的每邊10公里左右，變成了每邊只剩下4公里。

西南的編組站、西北與東北的城市、東側的森林以及東南的岩山區域，全都已經沉到海底了。

而島嶼的中央部位也依然顯示著「UNKNOWN」的字母。

由於掃描的速度相當緩慢，所以蓮有很寬裕的時間細數光點數量並叫出它們的名字。

理所當然的，待在島嶼西南方角落的是自己的小隊。正如M所說，周圍1．5公里以內沒有敵人。當然，永遠可能會出現把隊長當成誘餌的游擊部隊。

出現在島嶼右下方，也就是東南方邊緣的是……

「拜託……太棒了！」

蓮觸碰了一下光點，叫出其姓名來確認之後得知是SHINC。她們還存活著。距離目前所在地大概有3公里再多一點的距離。同時兩支隊伍之間沒有其他敵人。

SHINC的上方，距離大約4公里的東北方邊緣則可以看見MMTM。強敵在本屆大賽也依然健在。

THE 3rd SQUAD JAM FIELD MAP

第3屆特攻強襲
戰場地圖

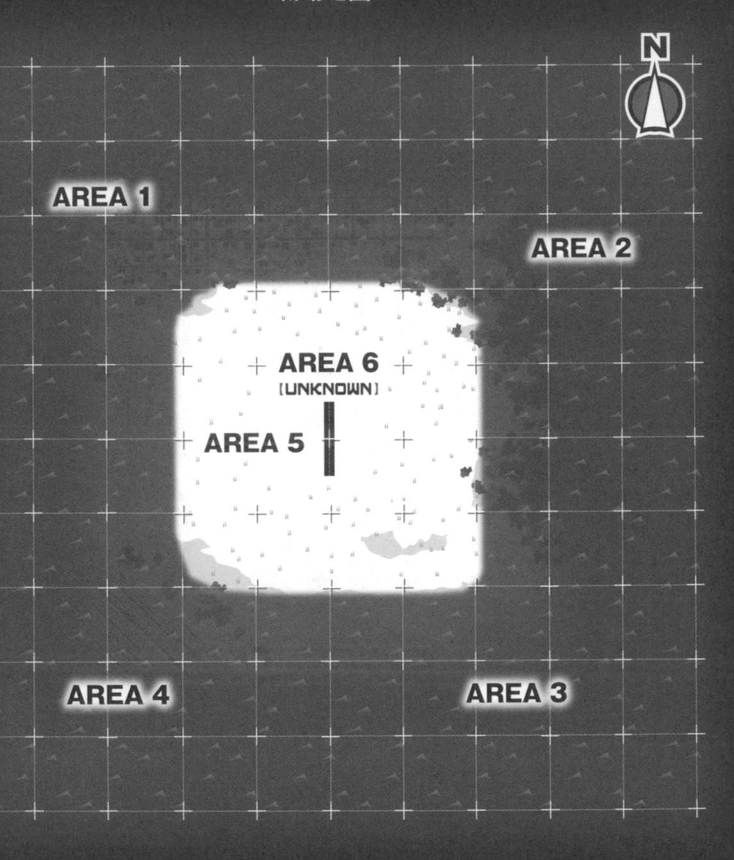

AREA1：都市區　　AREA4：編組站

AREA2：森　林　　AREA5：山　丘

AREA3：荒　野　　AREA6：不　明

而待在地圖北方的竟然是ZEMAL。SJ1時，只不過是喜歡機關槍的這群男人，現在已經變得相當強大。

剩下來的三支小隊是在地圖左上，也就是西北方。

其中有兩支小隊隔著1公里以內的距離並亮著白光。說不定正在交戰當中。

觸碰光點叫出名字後，右側顯示「TOMS」這個不曾聽過的隊伍名。似乎是首次參加SJ。

左側則是「DDL」。這支小隊蓮就有印象了。他們是參加了SJ1，但SJ2沒看見他們參賽的小隊。雖然想不起裝備等特徵，但重新觀看的影像裡，他們確實是在沙漠被SHINC打倒的小隊。

最後一支隊伍是在地圖左上，也就是原本為城市的海洋當中。他們便是被殘留在高層建築物裡的人們。

這時才想起二十分鐘前也因為同樣的事情而嚇了一跳，接著蓮便觸碰光點，結果出現的名字是「T—S」。

噢～是你們嗎～這樣啊～

蓮不禁有了相當複雜的心情。

當然不可能忘了T—S的名字。就是科幻世界裡的士兵般，全身覆蓋在護具之下，連長相都不清楚的六個人。

他們就是上一屆時，專心騎著腳踏車持續在城牆上逃竄，最後從遠方把結束和Pitohui的死鬥而累趴了的自己與不可打成蜂窩的男士們。

由於比賽本來就有輸有贏，所以自己沒有特別恨他們，甚至還有點感謝他們沒有把自己連同Pitohui一起幹掉……

「大海中的人，已經無法動彈了吧？」

正如不可次郎所說的，看來他們是完蛋了。

「這不是上屆的優勝者嗎！在搞什麼啊！」

Pitohui真的生氣了。

應該不是斥責他們丟臉的表現，而是為了自己無法殺掉他們而感到可惜吧。

蓮雖然很清楚這件事，但還是保持沉默。

* * *

這個時候，T—S的眾人……

「到底是誰！說什麼占據高處的話就能輕鬆迎擊！」

「是啊，是我說的沒錯！但當時可沒有人反對喔！」
「你們兩個別吵啦，太難看了吧。」
「唉，好閒啊……」
「這次的大會，我連一槍都還沒開過啊。」
「我也是啊！可惡……」
正可憐地在高樓屋頂露出沮喪的表情。
全身被護具保護著的士兵一蹲坐在地上，看起來就像是裝飾的人物模型一樣。以兩腳架放置在地上的「ＧＲ９」機槍，看起來也宛如玩具一般。
他們是從地圖的西北邊緣開始ＳＪ３。地點是在城市當中。
上屆獲得優勝讓他們志得意滿地參加ＳＪ３，卻在開始之前的酒場裡得知了極為恐怖的狀況。
沒錯，也就是聯合部隊的邀約，以及自己的小隊也是聯合部隊目標等事情。順帶一提，表示自己小隊的信號彈顏色是紫色。
「太過分了！根本是霸凌！」
「真不敢相信！這樣我們馬上會被包圍耶！」

很容易就能想像得到，最初的掃描之後敵人小隊就會從四面八方聚集過來了。都市區的視野不佳，即使想撤退也會有前後左右遭到夾擊的危險性。

自己這幾個人，就只有全身護具所帶來的防禦力比較優秀而已。真的與大量敵人戰鬥起來的話，絕對不可能獲勝。

非常清楚這件事的六個人……

「只能夠鞏固防禦了！」

「說得也是，就利用地利之便拉起防衛線吧。」

於是他們便採用了伏擊作戰。

很巧的是，開始地點的眼前就聳立著雄偉的高樓大廈。應該有二十層樓高吧？從設計上來看，大概是沿海的高級塔型公寓。

小隊其中一名成員提案的是，將陣地設在這棟堅固建築物的屋頂，然後以從上方的攻擊來迎戰敵人這樣的作戰。

他們想起ＳＪ１時，曾經有小隊占據墜落的太空船。而且很巧的是，這也和上次在城牆上到處逃竄的作戰有些類似。如果是這樣的話，就開始覺得應該能夠藉此度過難關才對。

「那就走吧！」

「好吧！事不宜遲！」

他們不等待十二點十分的首次掃描就立刻開始往海岸邊的大樓裡移動。

大樓內部是一片荒蕪。電梯當然也無法運作，所以便從唯一的逃生梯往上爬。途中還從房間裡拉出一些家具來放置在樓梯上，甚至還安裝了手榴彈的陷阱。這都是為了打倒或者拖住進入大樓中的敵人。

要爬上高達二十五層的大樓其實是相當累人的一件事，但他們竟然在十分鐘內就達成目標，成功來到屋頂上。

然後，看見首次掃描的他們……

「咦？」

就知道了恐怖的現實。

沒錯，就是自己所在的這棟大樓，就建在往前迫近的海洋中這個現實。

十分的掃描之後，就有紫色信號彈升空，接著從都市區聚集過來的大量人群總共是六支小隊。

總數二十四人的聯合部隊，帶著屠殺上屆優勝者的氣勢所採取的行動是……

「這根本不可能嘛……」

看見眼前一整片海洋，以及200公尺左右前方的海上那棟高聳的大樓，隨即做出這樣的結論。因為敵人就在大樓當中。

由於SJ裡經常會出現交通工具。所以認為大會是不是準備了小艇的他們就把周圍仔仔細細找了一遍，但還是沒能發現。海水的深度也高過一個人，這時候已經沒有移動到那棟大樓裡的手段了。

這段期間，陸地與大樓屋頂之間，只有過短暫的駁火——

除了距離太過遙遠之外，雙方還都隱藏住身形，所以沒多久就做出這樣只是在浪費子彈的結論。

當雙方都搞不定對方時，某支小隊就為了打倒南側編組站裡的LPFM而離開了。

另一支小隊則是前去參加打倒東側強敵MMTM的作戰。

最後，過了十二點二十分時。

剩下的四支小隊——

「變更計畫！就在這裡幹掉你們！讓我們開始市街戰吧！」

「有意思！那你們就試試看哪！我們接受挑戰！」

「到遠處去太麻煩了，我們也湊一腳！但是現在立刻戰鬥的話，大家只是白費生命喔。」

「那麼就數一百！不對，數到兩百之後再開始戰鬥吧！」

決定以小孩子玩捉迷藏的方式來盡情地享受這次的SJ3。

他們進行市街戰的模樣，確實給了酒場裡那群觀眾相當大的樂子，但是……

「要不要偷偷射擊現在在底下開戰的那群傢伙？」

「不可能，距離太遠了。」

「好閒啊。」

對於T─S的眾人來說，就只能聽見細微的槍聲。

就這樣，T─S的眾人已經什麼都不能做，只能等待時間無情地流逝。

或許是陷入膠著狀態了吧，暫時聽不見從市街區傳出的槍聲，直到第五次的掃描當中，才又再次聽見……

從遠方傳來的，彷彿小太鼓般的槍聲。

才剛發現槍聲立刻又停止時，掃描畫面也出現了變化。

「啊！一支小隊消失了！」

「真的耶。叫DDL的小隊全滅了。」

市街區地圖上的一個白點變成了灰色。看來是被旁邊的TOMS幹掉了。

掃描的結果讓他們發現敵人在比想像中還要近的地方，所以就開始戰鬥了吧。SJ裡經常會發生這種事情。

於是ＳＪ３裡就只剩下六支小隊了。

「哎呀～一支小隊消失了喲！就不能乖乖度過掃描的這段時間嗎？」

在草原上看著儀器的不可次郎也同時注意到這件事。

「這下子絕對會發動特別規則了。不知道是什麼內容～」

Pitohui也利用通訊道具來做出回答。

不對，那種事情根本一點都不重要。

蓮打從心底這麼認為。

自己只要能和ＳＨＩＮＣ戰鬥，不論是什麼規則都無所謂。

從目前的位置關係來看，下一次或者下下一次一定會和ＳＨＩＮＣ發生戰鬥！太棒了。

對於蓮來說，這是如願以償的完美狀況。

但這完全是她個人的欲望，所以她還是保持著沉默。

十二點五十二分。

漫長的掃描結束，殘存六支小隊的光芒消失之後——

噗嗶咿！

衛星掃描接收器就發出至今為止從未聽過的聲音。那是相當吵雜且刺耳的警報聲。

「嗚喔！嚇我一跳！別這樣好嗎，對心臟不好耶！」

不可次郎真的生氣了。

同樣嚇了一跳的蓮，迅速再次從胸前口袋拿出接收器，明明還沒按下開關，螢幕就亮了起來。

接著有文字顯示在上面。

「三十秒後，將在本畫面發表並發動特別規則。」

「哎呀！來了來了！等好久了，Come on！」

不可次郎剛才的滿腔怒火似乎已經消失無蹤，目前看來非常高興。身為遊戲狂的她，應該會很喜歡這種玩法。實際上她也真的很喜歡。

「在移動前先看規則內容。大家集合一下。」

M的聲音讓大家集合了起來。反正現在存活的小隊應該都看著接收器才對，所以不用太擔心會遭受攻擊。

「好啦好啦，那麼大家在這裡集合！」

Pitohui一邊這麼說，一邊抬起槍械輕輕揮了揮。

安裝75連發彈鼓的KTR—09應該相當沉重，但Pitohui簡直就像旗子一樣揮舞著它。

蓮迅速移動到Pitohui所在的大窪地，然後用屁股往下滑。草地的優點就是很容易滑行。

雙手拿著MGL—140的不可次郎立刻趕到，最後手拿M14．EBR的M也來了。

四個人在直徑5公尺左右的窪地裡把臉湊在一起，然後等待了十秒左右。

噗嗶咿！

依然不怎麼好聽的警報聲響起，四個人的接收器亮了起來。

雖然不知道是什麼樣的特別規則，但只要能跟SHINC戰鬥的話就可以了。

蓮內心想著跟剛才同樣的事情，等待手中的畫面浮現文字。

她並不怎麼擔心。因為絕對不可能出現「現在立刻停止戰鬥，接下來由能和任何人成為朋友的玩家獲勝！」這樣的規則。

SJ從開始到最後都是虛擬的互相殘殺，將會持續到剩下最後一支小隊為止。

「發表並發動特別規則。」

哎呀，出現的文字……

出現的文字自動往上捲動。不過右側出現了滾動條，所以似乎隨時可以重新閱讀文字。
好啦好啦，我看看是什麼內容？
蓮以眼睛追著往上捲動的文字。
「本通知的最後，主辦方將由殘存小隊內各自指定一名成員。」
原來如此。某個人會被營運公司選中嗎？而特別規則將加諸於那個人身上嗎？
蓮在心中自問自答，同時繼續閱讀文字。
或許是為了讓人容易了解規則吧，文章內容描述地相當仔細。緩慢的捲動之下，接下來的文字出現了。
「被指名的成員，接收器裡將出現訊息。」
啊～原來如此。所以才會用接收器來顯示嗎？這樣確實比較容易傳達。
「這次的指名並非隨機決定，而是觀看轉播的營運方與贊助者考慮到遊戲平衡度後做出的選擇。」
隨機選擇而造成莫名其妙的結果的話，確實會造成問題。為了調整平衡度，才會設定六到八支小隊，讓營運方有轉圜空間。
「被指名到的成員，勝利條件將有所變更。」
唔唔？變成怎麼樣？

「被指名到的成員，將成為『背叛者』脫離原來的小隊。然後加入由被指名的成員所組成的新隊伍，之後與其他小隊戰鬥。」

咦咦？

當蓮在心中這麼大叫的同時……

「嗚哇～！」

不可次郎就實際大叫了出來。

「現在開始，所有人的武器將暫時封鎖一段時間。為了讓背叛者小隊會合，大會將會派遣迎接的移動物體。搭乘該物體的話，就能移動到『UNKNOWN』區域。」

咦？什麼？為什麼？啥？不會吧？等一下？咦？

當蓮的思考有一半停止時……

「哦呵！蓮，妳露出過去從未見過的愚蠢表情嘍！可惡啊，真想拍照留存！」

在左斜前方的不可次郎，隨即很高興般這麼表示。

「原來如此。就是這樣才會設置UNKNOWN區域，然後讓島嶼逐漸沉沒嗎？剩下來的隊伍就只能到那裡去。」

M冷靜的口吻，讓蓮稍微恢復了一些思考能力……

「等等！這實在太過分了！那伙伴算什麼！一起戰鬥的羈絆又算什麼！」

於是就老實地把內心的想法，隨著一群驚嘆號一吐為快。結果……

「但終究是規則，而規則就必須遵守。」

就立刻聽到不可次郎這麼回答。

這絕對是蓮第一次看見不可次郎露出如此認真的表情。蓮心裡想著「可惡啊，真想拍照留存」。

「那麼，盡情互相殘殺吧。過去的同伴，現在是敵人了。」

文字這麼顯示完後就繼續往上方流動。

接著——

幾秒鐘後——

蓮她——

「哦呵！太好了！是我啊啊啊！這下子就又能和小蓮戰鬥了！」

就看見自己的衛星掃描接收器畫面，以及後面露出最凶惡笑容的Pitohui。

「什麼？」

（to be continued……）

特別感動之極短篇小說Ⅲ

「吾將自己戰鬥的榮耀收藏於心！

～戰鬥的原作者在此！總之先狂吼吧靈魂的槍聲～」

他感到很煩惱。

該如何引起注意才好呢？該如何才能被眾人吹捧呢？該如何才能被當成英雄呢？

老實說，他很想成為眾人羨慕的英雄。沒錯，就是在Squad Jam裡面。

光是這些情報，就能知道他是誰了。

是的，就是舉辦第一屆Squad Jam，然後優勝獎品送了簽名著作套書，結果遭到眾人狂噓的中年作家。只不過對槍械的知識稍微豐富一點，就錯認自己是世界上最會描寫槍戰的那個男人。

比較善良的粉絲似乎認為「他射擊的技術一定也很高明！」，實際上並非如此。由於靜不下來以及討厭練習的性格，讓他最多就只有「打腫臉充胖子」的技術而已。

這樣的他不但順利地舉辦了ＳＪ１，而且還使用身分未曝光的虛擬角色參賽，但最後卻落得被ＳＨＩＮＣ痛宰的丟臉下場。

在被Pitohui搶先舉辦而感到悔恨的ＳＪ２裡，雖然發誓要在各方面復仇而出場，但一開賽就被捲進亂戰當中，不但負傷也失去了武器。

心想「那就爽快地歸天吧！」的他，抱著手榴彈衝出去後卻發現沒有任何敵人，在放心的同時卻又自爆身亡，這種過於愚蠢的退場方式，讓觀看轉播的觀眾全都不禁啞然失笑。

啊啊，真不甘心！好想受到矚目啊！我應該要受到矚目才對啊！為了結束帶著這種鬱悶與憤怒的每一天，就只能搶在所有人前面主辦ＳＪ３了。

他寄了又臭又長的煩人電子郵件給營運公司「ＺＡＳＫＡＲ」，終於獲得「好啦，就讓你辦吧，請不要再寄跟蹤狂一樣的電子郵件來了」的爽快回答。

接著他又執拗地提出特別規則的提案，最後也獲得了認可。從營運公司那裡，得到「夠了，隨你高興吧」的激勵言詞。

他邀請知道自己性格缺陷卻還是願意與自己做朋友的ＧＧＯ同伴，再加上新成為伙伴的玩家來組成小隊，報名參加了ＳＪ３。當然，他也勤奮地進行準備。把工作擺在一邊瘋狂地玩ＧＧＯ，藉此強化了體力。即使現實世界裡是中年肥胖的男人，在ＧＧＯ當中依然是肌肉棒子。

和之前一樣，主要武器是砸大錢購買的「SG550 Sniper」狙擊槍，但是為了撐過嚴酷的戰鬥而以更加強化武裝為目標的他——最後又裝備了「MP5SD3」消音衝鋒槍、「SIG P226」手槍以及「伯奈利M3」散彈槍。這已經是令人難以置信的重武裝。

而且還不是收納在倉庫欄裡，為了能隨時更換並射擊而做出全部揹在身上這種無謂的男子漢決定。真是傻到令人難以置信。

最後預賽終於開始了。

展現男子氣魄的時刻到了。即使在現實世界相當膽小，他在GGO裡還是勇猛果敢。雖然別人稱呼這是「虛擬男子漢」，但是他並不在乎。總比雙方都是膽小鬼要好吧？

由於預賽是直向的細長戰場，所以根本沒有逃竄與躲藏的必要。這時候只要攻擊就可以了。以英文來說就是Attack only。

「伙計們！進攻吧！」

男性作家發出充滿精神的聲音開始突擊。預賽是短時間內一次定勝負。所以採取的是以火力強壓對方這種粗暴卻還算有效的作戰。他的伙伴也從後面跟上來了。

哎呀，從遠方的障礙物後方隱約可以看見敵人的身影了。雖然注意到我方的存在，但似乎沒預料到會這樣不管三七二十一地猛衝，所以尚未完成迎擊的準備。機會來了，一口氣發動猛攻吧。

「嘿嘿嘿！我的利牙發出怒吼的時候來了！靈魂震動的midnight！」

他似乎是想說些帥氣的台詞，但根本聽不懂他在說些什麼。當他停下腳步架起SG550，正想瘋狂射擊的這個瞬間……

「噗嘿！」「哦嘎！」「呸呀！」「咕哦！」

橫向排成一列的同伴們，全都留下有趣的叫聲並且中彈。身上到處閃爍著彈特效的他們就這樣往前倒了下去。

「嗯嘿咿？」

男性作家發出讓人想問究竟是從何處發出的古怪聲音。似乎無法相信伙伴們就戰死在眼前的他瞪大了眼睛。

也難怪他會這樣。因為四名伙伴全是背後中彈。

「啊！」

接著回過頭的他才注意到朝向自己的槍口以及從該處延伸過來的彈道預測線。

短短10公尺前方，安裝100連發彈匣的「M4A1」突擊步槍，被一名前幾天才剛成為伙伴的玩家架起。這名總是戴著太陽眼鏡的男人，名字叫作KADOKAWA。技術與能力值當相當高的他，看起來似乎是VR遊戲的老鳥，而且看起來也相當可靠——

「你是被鬼迷了心竅嗎！竟然擊斃願意襯托我的重要伙伴！」

男性作家額頭冒出青筋這麼大叫。KADOKAWA則這麼回答他：

「抱歉，你也要死在這裡。我不會讓你參加ＳＪ３的正式比賽。」

雖然因為太陽眼鏡而看不見男人的表情，但他用的是平淡且凜然的口氣。

「啥！你說什麼！」

「明明是作家卻忘記本業，只是成天玩遊戲真是豈有此理。三天後就是截稿日了吧。現在立刻回到現實世界去。」

「什麼！你為什麼知道截稿日……」

男性作家的表情改變了。從憤怒轉變為恐懼。

「你……你……你這傢伙……難道是『讓沉迷於虛擬遊戲的作家與插畫家回歸現實』的那個——」

啪啪啪啪啪啪啪啪啪啪啪啪！

Ｍ４Ａ１發出尖銳的聲音……

「咕哈啊……」

男性作家被打成蜂窩並倒了下去。

最後剩下自己一個人的KADOKAWA，以左手從腰間拔出「Ｓ＆Ｗ　Ｍ１９」左輪手槍的４

英吋槍管版本，然後直接把槍口按在自己的太陽穴上……

「竟然沒有從名字發覺嗎？這次已經故意做得相當明顯了……」

噠。

男人開了一槍，讓虛擬角色自殺了。

「KADOKAWA的編輯部，派遣了高強的『刺客』到VR世界。」

知道這個被當成都市傳說的謠言是事實之後，遊戲狂作家與插畫家之間就開始擬定對策，與編輯部永無止盡的戰爭就此揭開了序幕，不過那又是另外一個故事了。

全文完

PS4/PS3/PS vita版
《電擊文庫 FIGHTING CLIMAX IGNITION》裡，
小蓮會以輔助角色的身分登場。
（詳情請由官方網站進行確認）
本遊戲當中《奇諾の 旅》的奇諾也會以
輔助角色的身分登場，
所以可以實現夢幻的蓮與奇諾的輔助對決，
想看會動會說話的小蓮請務必一玩！
我自己玩的時候是以蓮來輔助白井黑子。
插畫是正與古董遊戲機的控制器苦戰的
小比類卷小姐。
我是黑星紅白。

挑戰
最尖端VRMMO世

戰巫女那由他與忍者小曆。
在「飛鳥帝國」裡成為好朋友的兩名少女，
也在這款遊戲遇見了不可思議的法師矢凪。
這名年老的僧侶表示要拜託「偵探」
解決「解謎」某個任務。
而且提供的報酬高達一百萬日幣。
兩名少女雖然對這超乎常識的價格感到驚訝，
但接受這奇妙委託的「偵探」
也同樣是一名相當奇怪的青年。
把能力值點數全部灌在「運氣」上——
也就是戰鬥上最弱，
但是稀有寶物掉寶率最強的詭異玩家……

特報!!!
由川原礫打造的全新異能戰鬥最新刊！《絶對的孤獨者》第4集
》》預計於2017年冬季發售——!!!

國家圖書館出版品預行編目資料

Sword Art Online刀劍神域外傳 Gun Gale Online. 4, 3rd特攻強襲 背叛者的選擇 / 時雨沢惠一作 ; 周庭旭譯. -- 初版. -- 臺北市 : 臺灣角川, 2017.10

面； 公分

譯自：ソードアート・オンライン オルタナティブ ガンゲイル・オンライン. Ⅲ, サード・スクワッド・ジャム ビトレイヤーズ・チョイス

ISBN 978-986-473-920-2(平裝)

861.57 106014867

Sword Art Online刀劍神域外傳 Gun Gale Online 4

—3rd特攻強襲 背叛者的選擇（上）—

（原著名：ソードアート・オンライン　オルタナティブ　ガンゲイル・オンラインⅣ ーサード・スクワッド・ジャム　ビトレイヤーズ・チョイス<上>ー）

2017年10月23日 初版第1刷發行
2018年5月30日 初版第2刷發行

作者：時雨沢惠一
插畫：黑星紅白
原案・監修：川原礫
日版設計：BEE-PEE
譯者：周庭旭

發行人：岩崎剛人
總經理：楊淑媄
資深總監：許嘉鴻
總編輯：蔡佩芬
副主編：朱哲成
美術設計：宋芳茹
印務：李明修（主任）、黎宇凡、潘尚琪

發行所：台灣角川股份有限公司
地址：105台北市光復北路11巷44號5樓
電話：（02）2747-2433
傳真：（02）2747-2558
網址：http://www.kadokawa.com.tw
劃撥帳戶：台灣角川股份有限公司
劃撥帳號：19487412
法律顧問：寰瀛法律事務所
製版：巨茂科技印刷有限公司
ISBN：978-986-473-920-2
香港代理：香港角川有限公司
地址：香港新界葵涌興芳路223號
新都會廣場第2座17樓 1701-02A室
電話：（852）3653-2888

SWORD ART ONLINE Alternative Gun Gale OnlineⅣ
3rd Squad Jam Betrayers' Choice

First published in Japan in 2016 by KADOKAWA CORPORATION, Tokyo.
Complex Chinese translation rights arranged with KADOKAWA CORPORATION, Tokyo.